Otto und die Chamurga

Buch

Die Erde ungefähr 100 Jahre in der Zukunft: Der Kampf um die letzten Bodenschätze des Planeten führte dazu, dass sich die Weltmächte gegenseitig schwächten. Außerirdische namens Chamurga nutzten die Gunst der Stunde, um die Erde zu kolonisieren und die Menschheit zu versklaven. Doch nicht nur das: Per Zufall entdecken zwei junge Chamurga, dass Menschenfleisch auch sehr gut schmeckt. Dicke „Kreaturlinge", wie die Außerirdischen die Menschen nennen, werden eingefangen und unter dem Vorwand, zu Sumoringern ausgebildet zu werden, in komfortabel ausgestatteten Lagern namens „Sumo Stadt" gemästet. Dieses Schicksal widerfährt auch dem dicken Otto, der als Arbeiter in einem Zoo ein ödes Dasein fristet. Gerade noch rechtzeitig erkennt er, welches dunkle Geheimnis sich hinter Sumo Stadt verbirgt. Ihm bleibt nur die Flucht in die Berge, wo es angeblich noch freie Menschen gibt. Dort angekommen schmiedet er einen Plan, wie die Menschen die Besatzer endgültig loswerden können.

Autor

Thomas Lettner wurde am 11. Mai 1982 in Amstetten geboren. Lettner arbeitet freiberuflich als Redakteur für eine niederösterreichische Regionalzeitung und schreibt auch privat gerne. „Otto und die Chamurga" ist sein zweites auf BoD veröffentlichtes Buch.

Thomas Lettner

Otto und die Chamurga

Bibliografische Information der Deutschen Nationalbibliothek:
Die Deutsche Nationalbibliothek verzeichnet diese Publikation in
der Deutschen Nationalbibliografie; detaillierte bibliografische
Daten sind im Internet über dnb.dnb.de abrufbar.
Die automatisierte Analyse des Werkes, um daraus Informationen
insbesondere über Muster, Trends und Korrelationen gemäß §44b
UrhG („Text und Data Mining") zu gewinnen, ist untersagt.
© 2024 Thomas Lettner (www.thomas-lettner.at)
© Covergestaltung: Samuel Hackl
Verlag: BoD • Books on Demand GmbH, In de Tarpen 42,
22848 Norderstedt
Druck: Libri Plureos GmbH, Friedensallee 273, 22763 Hamburg
ISBN: 978-3-7597-7598-6

Ein köstliches Abendessen

„Du hast heute echt gut gespielt! Hast du die Arbeit geschwänzt und heimlich trainiert?" Gonxha, der nach dem langen Spiel müde und abgekämpft war, sah seinen Freund Hampi voller Bewunderung an.

„Ja, aber sag meinem Chef bitte nichts davon. Wenn er erfährt, dass ich mich ständig von der Plantage verdrücke und stattdessen am Tennisplatz abhänge, schlägt er mir den Schädel ein."

„Wie ich diese seltsamen Spiele der Kreaturlinge liebe! Tennis mag ich sogar noch mehr als Fußball. Aber wenn ich nur auch so eine Vorhand hätte wie du. Dann hätte ich endlich die Chance, bei der Stadtmeisterschaft in Budelkan die zweite Runde zu erreichen. Spielst du eigentlich mit?"

„Ich weiß noch nicht. Hängt davon ab, ob mich der alte Knacker lässt. Die Ernte steht an, und da gibt es immer eine Menge zu tun."

„Aber ihr habt doch genug Kreaturlinge! Lass die doch die Arbeit erledigen."

„Du kennst diese lästigen Biester nicht, Gonxha. Die sind irrsinnig gerissen und versuchen ständig, sich vor der Arbeit zu drücken. Wenn man nicht aufpasst, laufen sie davon, und ich kann dann wieder stundenlang mit dem Truck in der Gegend herumfahren und sie einsammeln."

Hampis Magen knurrte laut. Das Tennismatch hatte ihn hungrig gemacht. „Aber ich will jetzt nicht an die Arbeit denken. Gehen wir lieber was essen. Gleich hier in der Nähe hat vor kurzem ein neues Restaurant aufgemacht. Da gibt es Alles was du dir vorstellen kannst. Letztens habe ich dort ein Ding gegessen, das die Kreaturlinge ‚Krokonodil' nennen oder so ähnlich. Das Fleisch war total zart und hat geschmeckt wie Hühnchen."

Gonxha, der nun ebenfalls Appetit bekam, rollte vor Freude mit den Augen. „Gute Idee! Es gibt noch so viele Lebewesen auf diesem seltsamen Planeten, die ich noch nie ausprobiert habe. Einmal habe ich in einem Restaurant in Budelkan Wasserbüffel-Rippen gegessen. Das war ein Leckerbissen kann ich dir nur sagen. Es hat mir sogar besser geschmeckt als das gegrillte Schimpansenhirn bei Xis Geburtstagsparty."

Während sich die beiden Freunde über ihre Lieblingsfleischgerichte unterhielten, bog ein Lieferwagen mit überhöhter Geschwindigkeit in die Straße ein, die sie gerade entlang gingen. Das Fahrzeug war so schnell unterwegs, dass es ins Schleudern geriet und mit voller Wucht gegen einen Felsen krachte.

„Wahnsinn, hast du so was schon einmal gesehen? Das muss ich mir zuhause auf meinem holografischen Videomaster noch einmal ansehen. Ich hoffe, meine Helmkamera hat alles aufgezeichnet. Das wird auf FlipFlop durch die Decke gehen!", staunte Gonxha.

Das völlig zerstörte Wrack lag auf dem Dach und hatte Feuer gefangen. Der Kreaturling am Steuer klemmte blutüberströmt in der eingedellten Fahrerkabine. Für ihn kam jede Hilfe zu spät. Die beiden Freunde blieben stehen und sahen fasziniert zu, wie die Flammen den Lieferwagen verschlangen.

Auf der stark zerbeulten Seitentür war ein Logo aufgedruckt, das Hampi sofort erkannte. „Das war ein Fastfood-Lieferant von dem neuen Restaurant, von dem ich dir erzählt habe. Der Besitzer wird sich sicher zu Tode ärgern", sagte er.

„Warum denn? So ein Kreaturling kostet doch nicht die Welt."

„Ich meine doch nicht den Kreaturling. Für harte körperliche Arbeit war der sowieso viel zu fett. Aber der Lieferwagen war noch gut in Schuss. So einen hätte ich auf der Plantage gut gebrauchen können."

„Da wirst du dich leider woanders umsehen müssen. Der ist ein Fall für den Schrottplatz", antwortete Gonxha. „Komm, gehen wir weiter. Es kommt sicher bald eine Bergedrohne vorbei."

Hampi zögerte. „Nein, warte kurz. Riechst du das auch?"

„Was denn?"

„Na, diesen herrlichen Duft nach gegrilltem Fleisch. Einfach köstlich! Das Lieferservice muss wahre Leckerbissen an Bord haben." Hampi ging näher an das Wrack heran, bis die Hitze auf seiner schuppigen Haut zu schmerzen begann. Er nahm seinen durchsichtigen, kegelförmigen Helm ab, um den süßen Fleischgeruch intensiver aufsaugen zu können.

„He, vergiss nicht, dass wir in dieser Atmosphäre nicht lange überleben können", warnte ihn Gonxha. „Nach ein paar Minuten wird dir schwindelig, und dann kippst du um!"

Hampi hörte nicht auf seinen Freund. „Sei ruhig und komm her!"

Gonxha stellte sich neben ihn und nahm ebenfalls seinen Helm ab. Die Flügel seiner kleinen birnenförmigen Nase an der Stirn flatterten wie eine Fahne im Sturm. „Wow, du hast Recht! Das riecht köstlich! Was mag das sein? Lammfleisch? Schweinshaxe? Rhinozeroskalb?"

„Nein, das ist etwas anderes", antwortete Hampi, der wie sein Freund ein echter Feinschmecker war und fleischliche Delikatessen zu schätzen wusste.

„Geschnetzeltes Löwenbaby? Ameisenbär-Ragout? Gegrillte Giraffenzunge?"

Hampi drehte seinen dreieckigen Kopf hin und her. „Nein, das ist etwas anderes. Etwas viel Besseres!" Er ging noch näher an das Wrack heran, um ins Innere des Fahrzeugs sehen zu können. Dabei fiel ihm auf, dass der Lieferservice außer leeren Styroporboxen gar nichts geladen hatte. Offenbar war der Kreaturling gerade auf dem Weg zurück ins Restaurant gewesen.

„Was hier so herrlich duftet, ist der Kreaturling selbst!", rief Hampi erstaunt aus. „Ich muss unbedingt ein Stück probieren." Er streifte seine Tennistasche ab, machte einen weiteren Schritt auf das Wrack zu und griff mit der rechten Hand nach vorne, um die ramponierte Seitentür zu öffnen.

Gonxha versuchte seinen Freund vor dem sicheren Tod zu retten. „Spinnst du total? Du wirst verbrennen!"

Doch Hampi hörte nicht auf ihn. Die bläulichen Schuppen auf seiner Haut begannen sich in der Hitze zu krümmen. Ein Schmerz ähnlich wie bei einem Stromschlag schoss durch seinen Arm, als er die Seitentür berührte. Mit

10

einer ruckartigen Bewegung riss er am Griff. Der verschmorte Kadaver des Kreaturlings kippte heraus und plumpste auf die Straße.

„Hilf mir!", rief er seinem Freund zu. Gonxha packte mit an, und gemeinsam schafften sie es, den Kreaturling, der nicht gerade ein Leichtgewicht war, vom brennenden Lieferwagen wegzuziehen.

„Ich muss den Braten unbedingt kosten, solange er noch heiß und saftig ist." Hampi packte den Kreaturling am Unterbauch und riss mit seinen starken, krallenförmigen Fingern ein großes Stück Fleisch heraus. Dann steckte er es sich in seinen weit aufgerissenen Mund, der sich bei den Chamurga auf Brusthöhe befand, und kaute genüsslich darauf herum.

„Und?", fragte Gonxha neugierig. „Wie ist es?"

Hampi lächelte und leckte sich die blutverschmierten Finger ab. „Einfach köstlich! Das Beste was ich je gegessen habe!"

„Ich will auch was. Lass mich ran!" Gonxha riss sich ebenfalls ein großes, saftiges Stück heraus und stopfte es sich in den Mund. Seine anfängliche Skepsis verschwand, und er rollte fröhlich mit seinen Augen. „Du hast Recht! Das ist tatsächlich das beste Fleisch, das es gibt! Wer hätte gedacht, dass die Kreaturlinge so gut schmecken?"

„Mir mollten sie micht als Sklamven malten, mir mollten sie essen", stimmte ihm Hampi mit vollem Mund zu.

Die beiden Freunde brüllten so laut vor Lachen, dass ihnen die heißen Fleischstückchen aus dem Mund flogen. Fröhlich schmatzend setzten sie ihr Abendessen fort, das ihnen weit besser schmeckte als jedes Menü im Restaurant und das darüber hinaus noch gratis war.

Als spät nachts endlich die Bergedrohne erschien und das bereits völlig ausgebrannte Wrack des Lieferwagens per Magnetschiene in die Höhe zog, waren von dem Kreaturling nur noch einige abgenagte Knochen und angesengte Haare übrig.

Ankunft in Sumo Stadt

Gelangweilt starrte Otto auf die Monitore vor sich. Das herrliche Hochsommerwetter hatte wieder eine Unmenge an Besuchern in den Zoo gelockt. In den Gehegen war nicht viel los. Die meisten Tiere lagen aufgrund der Hitze faul im Schatten oder hatten sich wie die Nilpferde ins kühle Nass zurückgezogen. Das Einzige, was sie von sich sehen ließen, waren ihre Ohren, die wie Speerspitzen aus dem Wasser ragten.

Auch in den Gehegen der Kreaturlinge, die bei den Chamurga besonders beliebt waren, war nichts los. In diesem Bereich des Zoos wurden ganz besonders hässliche Exemplare dieser Spezies ausgestellt. Manche von ihnen hatten ein Fell am ganzen Körper, das ihnen Ähnlichkeit zu den Menschenaffen im Nachbargehege verlieh. Manche waren mit anderen Artgenossen zusammengewachsen und hatten zwei Köpfe, vier Arme und vier Beine. Wieder andere waren von Krankheiten grausam entstellt, hatten einen aufgequollenen Kopf, der größer als ihr restlicher Körper war, oder eine Haut, die aussah wie die Rinde eines Baumes.

Technische Defekte im Zoo-Restaurant oder bei den Reinigungs- und Fütterungsrobotern gab es an diesem Tag ebenfalls keine zu melden. Der eintönige Job machte Otto hungrig, also bestellte er sich im Zoo-Restaurant eine Portion Palatschinken mit Marillenmarmelade, die kurz darauf von einem kleinen fahrenden Roboter in einer Kunststoffbox zugestellt wurde. Otto hatte nicht mitgezählt, aber er schätzte, dass es an diesem Tag bereits die dritte Portion war, die er genüsslich in sich hineinschob.

Das Gute war, dass man als Zoo-Mitarbeiter so viel essen durfte wie man wollte. Manchmal durfte sich Otto sogar eine Extraportion Bratwürste mit Sauerkraut mit ins Lager nehmen, die er abends in seiner Baracke verzehrte. Der Nachteil war, dass sein Körperumfang kontinuierlich zunahm und ihm seine Dienstkleidung ständig zu eng wurde. Doch Otto machte das nichts aus. Essen war schließlich die einzige Freude, die ihm in seinem sonst so tristen Leben geblieben war.

Um 18.30 Uhr wurde der Zoo geschlossen. „Endlich Feierabend!", dachte sich Otto sarkastisch. Als er seinen massigen Körper in die Höhe stemmte, quietschte sein Bürosessel wie eine Katze, der man versehentlich auf den Schwanz gestiegen war.

Im Grunde durfte sich Otto jedoch glücklich schätzen. Viele andere Kreaturlinge hatten es weit schlimmer erwischt und mussten auf Plantagen oder im Bergbau arbeiten. Die Arbeit im Zoo hatte auch den Vorteil, dass er sich hin und wieder kreativ betätigen konnte, indem er Videos auf FlipFlop hochlud, einem sozialen Netzwerk, das sich bei den Chamurga großer Beliebtheit erfreute.

Vor einem Monat hatte ein Weibchen im Gehege der Kreaturlinge Nachwuchs bekommen. Otto war auf Auftrag seines Chefs, eines alten Chamurga, mit der Kamera live bei der Geburt dabei gewesen. Schon nach einer Stunde hatte der Beitrag auf FlipFlop über einhunderttausend Likes erreicht. Sein Chef war davon so begeistert gewesen, dass er Otto eine Belohnung zukommen ließ – eine ganze Woche lang Torten, Kekse und Süßgebäck aus dem Zoo-Restaurant, so viel er essen konnte.

Otto träumte oft davon, andere Orte zu sehen, dem Zoo, dieser Stadt und dem tristen Alltag zu entfliehen. Doch das kam leider nicht infrage, denn er musste jeden Tag seinen Posten besetzen – und das nun schon seit ungefähr drei Jahren.

Vor dem Eingang des Zoos stand ein Bus voller Kreaturlinge bereit. Alle sahen müde aus und machten traurige Gesichter oder dösten wie in Trance vor sich hin. Otto stieg ein und setzte sich auf seinen Platz. An anderen Haltestellen stiegen noch weitere Kreaturlinge zu, die stumm ihre Plätze einnahmen. Sprechen durften sie nicht miteinander, denn das war für alle bei Strafe verboten und konnte zum Verlust des Arbeitsplatzes führen. Das wiederum konnte bedeuten, dass man eine noch schwerere Arbeit zugewiesen bekam oder bei wiederholten Vergehen „entsorgt" – besser gesagt eingeschläfert – wurde.

Eine halbe Stunde später hatte der Bus sein Ziel, das große Lager der Kreaturlinge außerhalb der Stadt, erreicht. Otto wusste nicht genau, wie viele seiner Artgenossen hier in den hässlichen Wohnbaracken lebten und schliefen. Es mussten um die zehntausend sein, wenn nicht gar mehr.

Kleine Kinder gab es hier keine, da sie den Eltern gleich nach der Geburt weggenommen und in eigenen Lagern untergebracht wurden. Auch ältere Kreaturlinge waren keine zu sehen. Gerüchten zufolge wurden sie von den Chamurga – sobald sie sie als arbeitsunfähig einstuften – einfach „entsorgt".

Oft genug hatte Otto mit dem Gedanken gespielt, aus dem Barackenlager zu fliehen, doch das war so gut wie unmöglich. Selbst wenn es je einem Kreaturling gelingen würde, die Wachen und Sensoren zu überlisten und die vielen Sprengfallen zu umgehen, wäre er im Nu wieder eingefangen worden. Dafür sorgte ein Chip, der jedem Kreaturling bei der Geburt oder bei der Gefangennahme eingepflanzt wurde und mit dem die Chamurga problemlos Ausreißer orten konnten.

Otto stieg aus dem Bus und ordnete sich in den Strom der stummen, müden Arbeiter ein. Gerade als er den Lagereingang passieren wollte, hielt ihn ein mit einem Plasmagewehr bewaffneter Chamurga-Wachmann auf. Zur Anmerkung muss gesagt werden, dass Otto nie klar wurde, ob es bei den Chamurga überhaupt zwei Geschlechter gibt wie bei den Kreaturlingen oder beide Geschlechter einfach nur gleich aussehen. Aus der Nase des Außerirdischen drangen jedenfalls seltsame schrille Pfeiftöne. Es klang so, als ob der Wind durch Metallrohre sausen würde. „Nicht weitergehen! Stell dich zu der Gruppe neben dem Eingang!", kam es fast gleichzeitig aus einem kleinen Lautsprecher an seinem Helm, der die Sprache der Aliens in die Sprache der Kreaturlinge übersetzte.

Otto wusste zwar nicht, was das bedeutete, aber er hatte sich schon lange abgewöhnt, die Befehle der Chamurga zu hinterfragen. Neben dem Lagereingang standen schon um die dreißig Männer und Frauen, die wie Otto gerade vom Arbeitseinsatz zurückgekommen waren. Am liebsten hätte er sie gefragt, was das Ganze sollte, doch das war aufgrund des Sprechverbots nicht möglich. Ihren verdutzten Blicken nach zu schließen wussten sie ohnehin nicht mehr als er.

Ungefähr eine Viertelstunde später erschien ein Flug-Transporter, der nur wenige Meter neben dem Lagereingang zur Landung ansetzte. Die Gruppe aus auf den ersten Blick willkürlich zusammengewürfelten Kreaturlingen war mittlerweile auf bis zu sechzig Personen angewachsen. Sie alle mussten auf die breite Ladefläche des Luftfahrzeugs steigen und eng aneinandergeschmiegt darauf Platz nehmen. Ein Wachmann schloss die Heckklappe. Mit surrenden Turbinen stieg der Transporter in die Höhe, flog in einer ausladend weiten Kurve über die Baracken hinweg und beschleunigte zurück in Richtung Stadt.

Otto rätselte, was die Chamurga wohl mit ihm und den anderen vorhatten. Sicherlich hatte es nichts Gutes zu bedeuten. Schon öfter waren einige seiner Artgenossen aus dem Lager abgeholt worden und nie wieder aufgetaucht.

„Glaubst du, sie machen irgendwelche Versuche mit uns?", flüsterte ein Mann, der direkt neben Otto saß und sich an die Absperrung der Ladefläche lehnte.

Otto sah den Unbekannten erschrocken an. Er hatte buschige Augenbrauen, zwei kleine Schweinsaugen und eine kleine runde Nase, sodass sein melonenförmiges Gesicht einer Bowlingkugel ähnelte.

Otto legte den Zeigefinger auf die Lippen, um ihn darauf aufmerksam zu machen, still zu sein.

„Vielleicht probieren sie an uns irgendwelche Medikamente aus oder sezieren uns, um mehr über unsere Anatomie herauszufinden."

„Sei still jetzt!", fuhr Otto den Mann an. Konnte dieser Vollidiot nicht einfach die Klappe halten? Otto spähte nach vorne, doch die zwei Chamurga-Wachmänner im Cockpit schienen nichts bemerkt zu haben. „Hör zu, ich weiß wirklich nicht, was die mit uns vorhaben. Vielleicht bringen sie uns in eine Fabrik oder so."

„Warum gerade uns? Für Fabrikarbeit gäbe es sicher stärkere und athletischere Typen wie uns. Sieh uns doch an! Von uns kann sich doch keiner länger als eine Stunde auf den Beinen halten."

Otto sah sich auf der Ladefläche um. Der Mann hatte nicht Unrecht. Alle Insassen waren ausnahmslos übergewichtig, manche allerdings mehr und manche weniger. „Keine Ahnung. Vielleicht haben sie irgendeine bestimmte Arbeit für uns, für die sie uns ausgesucht haben."

Der Unbekannte reichte Otto so unauffällig wie möglich die Hand. „Ich heiße Herbert. Ich wohne in der Baracke B2", stellte er sich vor.

„Und ich heiße Otto. Ich wohne in der Baracke F4."

„Komisch, dass wir uns noch nie begegnet sind", sagte Herbert.

„Wo arbeitest du eigentlich?"

„Ich bin Baggerfahrer bei einem Abbruchunternehmen. Wir sollen für die Chamurga eine neue Luxussiedlung hier in der Stadt errichten. Und du?"

„Ich arbeite im Zoo", antwortete Otto. Den Rest der Fahrt blieben die beiden stumm. Ein Wachmann hatte sich umgedreht, um hinten nach dem Rechten zu sehen.

Nach einer zwanzigminütigen Fahrt setzte der Transporter zur Landung an. Die beiden Chamurga-Wachmänner

18

öffneten die Heckklappe und befahlen den Insassen, abzusteigen.

Otto sah sich um. Sie befanden sich in einer Wohnsiedlung am Stadtrand, wie er sie von früher kannte. Entlang einer asphaltierten Straße standen links und rechts kleine niedliche Reihenhäuser. Im Gegensatz zu den schon seit Jahren leerstehenden Häusern und Wohnblocks in der Stadt sahen die Gebäude hier nicht heruntergekommen aus, sondern waren frisch renoviert. Am Anfang der Straße stand ein Ortsschild mit der Aufschrift „Sumo Stadt".

Wie in einem Traum tauchten plötzlich Bilder aus einer längst vergangenen Zeit in Ottos Gedächtnis auf. Als Kind hatte er mit seinen Eltern und seiner kleinen Schwester in einer Gegend wie dieser gewohnt. Otto erinnerte sich, dass die Straße, in der sie gewohnt hatten, Nelkenstraße geheißen hatte. An den Namen der Stadt konnte er sich aber nicht mehr erinnern.

Nach dem Kindergarten hatte er oft mit den Nachbarskindern auf der Straße gespielt. Doch dann waren wie aus dem Nichts die Chamurga aufgetaucht und hatten jegliche menschliche Zivilisation auf dem Planeten innerhalb kürzester Zeit ausradiert.

„He du da, nicht träumen!", bellte eine verzerrte Stimme aus dem Simultanübersetzer eines Wachmanns. Der Außerirdische zielte mit seinem Plasmagewehr auf Otto und zwang ihn, so schnell wie möglich von der Ladefläche zu springen. Die Kreaturlinge mussten sich der Reihe nach aufstellen. Die Wachleute führten sie im Gänsemarsch die Straße entlang und wiesen jedem und jeder Gefangenen ein Häuschen zu.

Ein Wachmann begleitete Otto bis zur Tür und öffnete sie mit einer Magnetkarte. Otto trat ein. Mit einem lauten Knall fiel die Tür hinter ihm ins Schloss. Ihm fiel auf, dass es innen gar keine Türklinke gab und er gefangen war. Neugierig sah er sich im Vorhaus um. Die Wohnung war zwar nicht sehr groß, sah zu seiner Überraschung aber wirklich top aus. Es roch nach chemischen Putzmitteln und Duftkerzen. An den weiß gestrichenen Wänden hingen Gemälde mit schönen Landschaften und Tieren.

Der Parkettboden und die Möbel waren sehr sauber und die Räume mit allem ausgestattet, was das Herz begehrte. Im Bad funkelten die Keramikfliesen und das Chrom im Licht der LED-Lampen. Es gab eine Dusche, ein WC und sogar eine geräumige Badewanne – Dinge, die Otto seit seiner Kindheit nicht mehr gesehen hatte. Otto hielt alles für eine Fälschung, doch als er den Wasserhahn aufdrehte, kam sogar heißes Wasser heraus.

Im Schlafzimmer standen ein breites Bett und ein Kasten, der mit Kleidung und Waschutensilien gefüllt war. Das Wohnzimmer, das den Großteil der Fläche einnahm, war mit einer gemütlichen Couch, einem Bücherregal und einem Glastisch eingerichtet. Darauf stand ein Kärtchen mit der Aufschrift „Herzlich willkommen!". Auch eine Fernbedienung und eine Schachtel Pralinen lagen auf dem Tisch.

An der Wand hing ein riesiger schwarzer Flachbildschirm. Durch ein kleines Fenster sah man auf einen Park, den ein hoher, mit Stacheldraht befestigter Zaun umgab. In der Mitte des Parks thronte ein Holzpavillon mit einem spitzen Blechdach, der von Birken und Kastanienbäumen umringt war.

Otto kam aus dem Staunen nicht heraus. Seit Jahren hatte er in Baracken ohne jeglichen Komfort gelebt, die er sich mit hunderten Kreaturlingen teilen musste. Die Matratzen dort waren von ekligen Bettwanzen bevölkert. Die Sanitäranlagen hatten kein fließendes Wasser, waren verschmutzt und stanken furchtbar. Von einer Sekunde auf die andere lebte er im Luxus, und er fragte sich, was der Grund dafür war. Als hätte man seine Gedanken gelesen, ertönten plötzlich zwei seltsame Stimmen.

„Hallo! Hier ist Gonxha!"

„Und hier ist Hampi!"

Erschrocken sah sich Otto um. Die Geisterstimmen schienen aus dem Nichts zu ihm zu sprechen. Er brauchte einen Moment, um festzustellen, dass sich der Flachbildschirm von selbst eingeschaltet hatte. Die spitzen Köpfe zweier Chamurga blickten ihm entgegen.

„Wir sind Ihre neuen Besitzer und begrüßen Sie sehr herzlich in Sumo Stadt", sagten die beiden im Duett.

„Wir hoffen, dass Sie sich bereits in Ihren Räumlichkeiten umgesehen haben und sich hier bald wie zuhause fühlen", sagte der linke, der sich mit dem Namen Gonxha vorgestellt hatte.

„In Ihrem Badezimmer finden Sie einen Whirlpool, der beim Baden einen Strudel erzeugt, mit dem Sie sich wunderbar den Rücken massieren lassen können. Per Knopfdruck können Sie das Bad auch in eine Infrarotkabine oder in eine Sauna verwandeln und die wohltuende Wärme genießen. Ist Ihnen schon die Fernbedienung auf dem Glastisch aufgefallen? Sie können damit diesen Fernseher einschalten und aus tausenden Filmen, Serien, Cartoons,

Dokumentationen, Musikkonzerten, Quiz- und Kochshows, Kultur- und Sportveranstaltungen und vielem mehr auswählen. Steht Ihnen der Sinn nach etwas Erotik? Kein Problem! Klicken Sie einfach auf ‚Augenschmaus' im Hauptmenü und genießen Sie! Wenn Sie nicht lesen können, drücken Sie auf die gelbe Taste auf der Fernbedienung, und ‚Lula' – unsere Künstliche Intelligenz – wird Ihnen alles vorlesen."

Nun wusste Otto, was der überdimensionale schwarze Bildschirm zu bedeuten hatte. Es handelte sich um einen Fernseher! Wie lange hatte er schon nicht mehr vor einem solchen Gerät gesessen und sich damit die Zeit vertrieben. Unweigerlich musste er wieder an seine Kindheit denken. Seine kleine Schwester und er hatten es geliebt, vor der Glotze zu sitzen, Süßigkeiten zu essen und sich Zeichentrickserien mit bunten Männchen anzusehen. Die Erinnerung daran war leider so stark verblasst wie alles andere, was vor dem Überfall der Chamurga geschehen war.

„Wenn Sie Ihre Wohnung etwas kühler oder wärmer haben wollen, ist das kein Problem. Sprechen Sie Ihre gewünschte Temperatur einfach laut und deutlich in den Raum, dann wird ‚Lula' Ihren Wunsch aufnehmen und per smarter Home-Steuerung sofort in die Tat umsetzen. Lula können Sie natürlich auch dazu verwenden, um das Licht und den Fernseher aus- und einzuschalten, die Programme zu wechseln, das Badewasser einzulassen und um die Klimaanlage oder die Infrarotkabine zu aktivieren. Wenn Sie etwas zu essen haben oder Ihre Wäsche waschen lassen wollen, sagen Sie es einfach Lula. Und da wir schon beim Essen sind: Das Frühstück wird Ihnen von acht bis zwölf

Uhr, das Mittagessen von zwölf bis 17 Uhr und das Abendessen von 17 bis 24 Uhr serviert. Wenn Sie nachts einen kleinen Snack einnehmen wollen, nun, Sie wissen schon, an wen Sie sich wenden müssen."

„Die Speisekarte können Sie übrigens im Menü unter ‚Essen und Trinken' einsehen. Vom Schnitzel bis zur Sachertorte, von der chinesischen Nudelpfanne bis zum Eisbecher mit Sahne – unsere Küche bietet alles, was das Herz begehrt", fügte der zweite Chamurga namens Hampi hinzu.

„Sie fragen sich sicher, was das alles zu bedeuten hat? Das können wir Ihnen einfach erklären." Die beiden Chamurga sahen sich an und rollten mit ihren großen Augen, was bedeutete, dass sie sich über etwas sehr freuten.

„Mein Freund Hampi und ich sind große Fans der Sportarten, die ihr Kreaturlinge erfunden habt. Wir spielen liebend gerne Tennis, aber am allerliebsten haben wir Sumo, eine Art Ringsport, der auf einer kleinen Insel auf der anderen Seite dieses Planeten ausgeübt wurde."

„Das sieht so drollig aus, wenn zwei Dickerchen aufeinanderprallen", sagte Hampi und kicherte auf eine seltsame Art, wie es nur die Außerirdischen konnten.

„Wir haben euch ausgesucht, um euch zu professionellen Sumoringern auszubilden. Dafür braucht ihr allerdings noch etwas mehr Speck an den Hüften. Wenn wir euch für fit genug halten, werdet ihr von einem unserer Mitarbeiter abgeholt und an einen anderen Ort gebracht, wo ihr mit dem Training beginnen könnt", verriet Gonxha.

„Ich freue mich schon so sehr auf die ersten Turniere. Das wird lustig." Hampi rollte so wild mit seinen Augen, dass man glaubte, sie würden ihm aus dem Kopf fallen.

„Natürlich werden wir die Champions unter euch gebührend belohnen", verkündete Gonxha. „Wer alle seine Kämpfe gewinnt und zum Großmeister – einen Yokozuna – aufsteigt, erhält einen Preis. Er oder sie kann sich ein Reiseziel aussuchen und Urlaub machen – so lange wie er so oder sie will, und das alles auf unsere Kosten!"

Auf dem Bildschirm erschienen Orte, die Otto noch nie gesehen hatte. Es waren Palmen an einem schneeweißen Sandstrand vor einem türkisfarbenen Meer zu sehen, deren Blätter sich im Wind wogten, antike Bauten in einer Wüste, die wie auf den Kopf gestellte Eistüten aussahen; Bürotürme, die so hoch waren, dass ihre obersten Stockwerke in den Wolken versanken, wunderschöne Seen, in denen sich die Gipfel der umliegenden Berge spiegelten oder schneebedeckte Gebirge, über die sich ein blauer, kristallklarer Himmel erstreckte.

„Wir werden Ihnen nun gleich das Abendessen servieren. Das Tagesmenü ist Entenbrust mit Orangensoße und Kartoffelklößen. Als Nachspeise gibt es Vanillepudding mit Erdbeersauce, Schokoladekekse und Kuchen. Wenn Sie etwas anderes bevorzugen oder auf irgendetwas allergisch sind, lassen Sie es uns bitte wissen."

Der Bildschirm wurde wieder schwarz, und die beiden Chamurga verschwanden. Stattdessen erschien nun das Hauptmenü, in dem man durch verschiedene Programmangebote zappen konnte.

„Sumoringer? Wer hätte das gedacht?" Otto ließ sich auf die Couch fallen und griff nach der Schachtel Pralinen auf dem Glastisch. Dass die Chamurga völlig durchgeknallte, unberechenbare Lebewesen waren, wusste er schon längst. Doch mit etwas so Verrücktem hatte selbst er nicht gerechnet.

Otto ließ sich die ersten drei Pralinen auf der Zunge zergehen, als sich die Tür wie von Geisterhand öffnete. Sofort stieg ihm ein köstlicher Duft nach Fleisch und Kartoffeln in die Nase.

Ein kleiner Roboter rollte herein. Er sah aus wie eine Mülltonne auf Rädern und hatte starke Ähnlichkeit mit dem mechanischen Essens-Lieferanten im Zoo. Der Roboter blieb knapp vor Otto stehen. Mit einem leisen Surren öffnete sich eine Klappe. Warme Luft strömte Otto aus dem Inneren des Roboters entgegen, in dem mehrere Kunststoffbehälter übereinandergestapelt waren. Der Roboter fuhr einen langen Greifarm aus und stellte einen von ihnen auf dem Glastisch ab. Nachdem sich die Klappe geschlossen hatte, legte der Roboter den Rückwärtsgang ein und rollte wieder hinaus.

Otto setzte sich auf die Couch und packte sein Essen aus. Es gab tatsächlich wie angekündigt Entenbrust mit Kartoffelklößen, dazu noch grünen Salat und als Nachspeise Vanillepudding mit Erdbeersauce, Schokoladekekse und ein großes Stück Kuchen.

Obwohl Otto zur Abwechslung einmal nicht hungrig war, was bei ihm nur sehr selten vorkam, langte er ordentlich zu und hatte kurz darauf das ganze Abendessen verspeist. Er rülpste so laut, dass sich Luna, die automatische Spracherkennung, einschaltete.

„Befehl nicht erkannt. Bitte wiederholen Sie Ihren Wunsch!", sagte eine angenehm klingende Frauenstimme. Zum ersten Mal an diesem seltsamen Tag musste Otto lachen. Dann schaltete er den Fernseher ein und sah sich eine uralte Komödie an, die von einem Typen namens Brian handelte, der in einem Wüstenstrich gegen eine gewaltsame Besatzungsmacht kämpfte und am Ende auf ein Kreuz genagelt wurde. Otto hatte immer noch das Gefühl, dass die Chamurga eine Teufelei im Schilde führten, doch der Film war so witzig, dass er seine Sorgen schnell vergaß.

Besuch von Doktor Balbuny

Die Tage in Sumo Stadt vergingen wie im Flug. Eigentlich hatte Otto keinen Grund, sich zu beklagen. Die Lebensqualität in der Wohnung war viel höher als in der alten Wohnbaracke, und jeder Wunsch wurde ihm von den Lippen abgelesen. Dennoch fühlte er sich wie in einem goldenen Käfig. Am meisten quälte ihn das Alleinsein, und er vermisste das Gespräch mit anderen Kreaturlingen.

Der Tagesablauf war immer derselbe. Morgens stand Otto auf und ging ins Badezimmer, um eine Dusche zu nehmen und sich die Zähne zu putzen. Dann zog er sich an und bestellte etwas zu essen, denn Essen gab es reichlich und im Überfluss. Aus purer Langeweile bestellte sich Otto sogar zwischen den Mahlzeiten Snacks und Süßigkeiten und machte es sich damit vor dem Fernseher gemütlich.

Die Einzige, die ihm Gesellschaft leistete, war Luna. „Luna, spiel ein paar Oldies aus den 2030er Jahren", „Luna, schlage mir einen spannenden Actionfilm vor", „Luna, heize das Badewasser auf 34 Grad vor". Das war so ziemlich alles, was Otto tagsüber von sich gab. Luna war zuverlässig, immer für ihn da und konnte sogar gute Witze erzählen. Dennoch war sie kein Ersatz für einen echten Gesprächspartner, denn die Kommunikation war leider sehr einseitig. Man konnte mit ihr nicht diskutieren, keinen Smalltalk führen oder sich gegenseitig Geschichten erzählen.

Neben essen war fernsehen zu Ottos neuer Lieblingsbeschäftigung geworden. Die Filme, Serien und Dokumentationen stammten aus der Zeit, als der Mensch noch Herr über den Planeten war. Vieles davon hatte Otto noch nie gesehen, und die Couch wurde zu seinem neuen Lebensmittelpunkt.

Wenn er sich doch einmal aufraffte, dann hatte das einen guten Grund. Hin und wieder geschah es, dass ein Chamurga-Wachmann draußen auf der Straße lautstark Kommandos brüllte. Otto lief dann so schnell er konnte zur Tür und presste sein Ohr dagegen.

Was er hörte, war jedes Mal das Gleiche: Eine Unmenge an Schritten auf dem Asphalt gemischt mit dem typisch schlurfenden Geräusch, das die Chamurga beim Gehen verursachten. Otto schätzte, dass es sich um Neuankömmlinge handelte, die ihre Wohnungen zugewiesen bekamen. Gleichzeitig ärgerte er sich darüber, dass es kein Fenster zur Straße gab. Nur zu gerne hätte er gesehen, wer als nächster in Sumo Stadt einzog. Vielleicht war ja ein bekanntes Gesicht aus der Wohnbaracke oder aus der Arbeit darunter.

Der zweite Grund, um den Fernseher für kurze Zeit auszuschalten, war folgender: Ein- bis zweimal in der Woche durften die Bewohner nach dem Mittagessen für genau eine Stunde ihre Wohnungen verlassen und in den Park gehen. Dabei wurden sie ständig von Chamurga-Wachmännern bewacht, was Otto ziemlich lächerlich fand. Keiner der Bewohner war auch nur annähernd sportlich genug, um über den hohen Zaun zu klettern, der noch dazu mit Stacheldraht gesichert war.

Den Grund für die strenge Bewachung wurde Otto erst klar, als er beim Spazierengehen im Park einmal zufällig Herbert über den Weg lief. Herbert, der im Haus nebenan wohnte, wirkte ziemlich vergnügt, und auch Otto freute sich, seinen Bekannten endlich wiederzusehen. „Hallo Herbert! Wie geht es dir?", fragte er.

„Hallo Nachbar. Hast du dich schon eingelebt in deinem neuen Zuhause? Ist schon was anderes als unsere alten Baracken, nicht wahr?"

„Das kannst du laut sagen. Aber mir wäre es lieber, wenn die uns öfter rauslassen würden. Ich kriege sonst bald einen Lagerkoller."

„Wieso das? Ich finde, das ist das reinste Paradies hier. Es gibt genug zu essen, wir können aus über tausend Programmen auswählen und haben sogar unseren eigenen Wellnessbereich."

„Das ist es ja, was mich so stutzig macht. Es ist einfach zu schön, um wahr zu sein."

Herbert wurde schlagartig ernst. „Du meinst, die Chamurga führen etwas im Schilde?", flüsterte er.

Otto zuckte mit den Schultern.

„Ach was!" Herbert winkte ab. „Du machst dir zu viele Gedanken. Du wollen nur, dass wir kugelrund werden, damit wir endlich mit dem Training anfangen können."

„Hast du je von diesem Sumo-Dingsbums gehört?", fragte Otto.

„Nein, noch nie, aber ich habe mir ein paar Kämpfe im Fernsehen angesehen. Irgendwie sieht das schon ganz drollig aus. Zwei Fettklöße stürmen aufeinander zu und versuchen sich gegenseitig zu Fall zu bringen oder aus dem Kreis zu schubsen. Ich weiß zwar nicht, was daran so toll sein soll, aber von mir aus mach ich mich gerne für die Chamurga zum Affen. Besser als mein alter Job ist es allemal!"

„He ihr da, auseinandergehen und Mund halten!", sagte plötzlich eine bissige, metallisch klingende Stimme von hinten.

Erschrocken drehten sich die beiden um. Ein Chamurga-Wachmann mit einem Plasmagewehr im Anschlag stand vor ihnen. Aus seinem kegelförmigen Helm heraus sah er sie böse an – gerade so, als wollte er sie auffressen. „Sprechen ist hier im Park verboten, wisst ihr das nicht?" Otto und Herbert stoben auseinander wie zwei aufgeschreckte Hühner.

Kurz darauf war der Ausgang beendet. Unten strenger Bewachung verließen die Kreaturlinge den Park. Otto ließ traurig den Kopf hängen. Herbert hingegen schien es kaum erwarten zu können, zu seinen Fernsehserien und Snacks zurückzukehren.

Kaum war Otto zurück in seiner Wohnung, übermannten ihn wieder die lähmende Langeweile und Einsamkeit. Doch dieser Tag sollte ihm noch einige Aufregungen bereiten. Otto sah sich gerade eine Dokumentation über Dinosaurier an – riesigen Reptilien, die angeblich vor Jahrmillionen den Planeten bevölkert hatten, als ein Chamurga in Begleitung eines kleinen Roboters die Wohnung betrat. Es war Doktor Balbuny, der seine wöchentliche Visite abhielt. Im Gegensatz zu den Wachen draußen trug dieser Chamurga keine braune Militäruniform, sondern nur eine dunkelblaue Schärpe, die er um seinen Oberkörper gewickelt hatte.

Der Roboter - sein kleines Helferchen - war eine Art Krankenstation auf Rädern und eine technische Meisterleistung. Auf Befehl hatte er allerlei medizinische Messgeräte wie ein Blutdruckmessgerät, einen Elektrokardiographen, eine Waage, Kanülen, Spritzen, Nadeln, Verbandszeug, ein digitales Fiebermessgerät, Desinfektionsmittel und andere Dinge parat. Sogar Zahnbehandlungen und kleinere Operationen waren damit möglich, ohne dass der Patient ins Krankenhaus musste.

„Hallo, Doktor Balbuny", begrüßte Otto den Chamurga. Da er die Prozedur schon kannte, stand er auf und streckte seinen massigen Körper.

„Hallo, lieber Bewohner. Wie geht es Ihnen heute?"

„Ganz gut", log Otto.

„Sie sehen aber nicht sehr glücklich aus. Schmeckt Ihnen das Essen nicht?"

„Doch, doch." Gerade das Essen war es, dass Otto am allerwenigsten störte.

„Was ist es dann? Leiden Sie unter Nahrungsunverträglichkeiten?"

Otto schüttelte den Kopf.

„Verdauungsschwierigkeiten? Durchfall oder Obstipation?"

Wieder schüttelte Otto den Kopf.

„Na, dann ist ja alles in bester Ordnung. Bleiben Sie bitte ruhig stehen!"

Der Med-Roboter sandte einen rötlichen Lichtstrahl aus, der aussah wie ein Laserpointer und Otto von den Zehen bis zur Stirn abscannte.

„1,74 Zentimeter groß", sagte der Doktor und notierte sich den Wert auf seinem Clipboard. Jetzt drehen Sie sich bitte einmal um 360 Grad."

Otto befolgte die Anweisung und wurde abermals von dem kleinen rötlichen Lichtstrahl vermessen, nur dieses Mal entlang des Bauches.

„Bauchumfang 99 Zentimeter, gut so", kam es aus dem Helmsimultanübersetzer des Doktors. „Bitte Oberkörper freimachen und auf die Couch legen. Ich werde nun einige Tests durchführen."

Otto zog sich sein T-Shirt aus und legte sich auf die Couch. Er wunderte sich, wie viel Mühe es ihn kostete, seine massigen Beine hochzuheben. Sein Bauch war mittlerweile so dick, dass er das Fenster zum Park nicht mehr sehen konnte.

Der Roboter legte eine Blutdruckmanschette an seinem linken Oberarm an. Ein kleines, mit einem Kabel verbundenes Gerät, das aussah wie eine Wäscheklammer, maß die Sauerstoffsättigung und den Puls am Zeigefinger seiner linken Hand. Gleichzeitig legte er einen Sensor an der Stirn an, der die Körpertemperatur maß, und erstellte ein Elektrokardiogramm.

Auf dem Display des Roboters erschienen alle Werte der Reihe nach aufgelistet. Balbuny war zufrieden. „Alles in bester Ordnung. Ich werde Ihnen jetzt noch etwas Blut abnehmen, dann können Sie wieder in Ruhe fernsehen." Die Blutdruckmanschette blies sich erneut auf und staute das Blut. Der Chamurga-Arzt punktierte eine Vene an Ottos dickem Unterarm mit einer Kanüle. Dunkelrotes Blut floss in ein Kunststoffröhrchen, das er über einen Sensor des Med-Roboters hielt.

Nach nur wenigen Sekunden leuchtete auf dem Display das Ergebnis auf. „Die Blutwerte sind alle im Normbereich.

Nur das Cholesterin ist mit 240 Milligramm pro Deziliter etwas erhöht", sagte er zufrieden und notierte sich auch diese Werte auf seinem Clipboard.

„Ist das schlimm?"

„Nein, Sie brauchen sich keine Sorgen zu machen. Stellen Sie sich jetzt bitte noch auf die Waage."

Keuchend stand Otto auf und stellte sich auf die Waage des Med-Roboters. Wieder dauerte es nur Sekunden, bis der Computer das Ergebnis ausspuckte. „130 Kilogramm! Das ist ein Body-Mass-Index von 38,3", jubilierte der Doktor und rollte mit seinen Augen. „Hervorragend! Auch der Körperfettanteil steigt. Es dauert nicht mehr lange, und Sie können mit dem Training beginnen."

Bei dem irren Blick lief es Otto eiskalt den Rücken runter. „Ungefähr so schaue ich drein, wenn ich drei Tage lang nichts gegessen habe und plötzlich meine Lieblingsspeise - Fleischknödel mit Sauerkraut - vor mir steht", dachte er sich.

Als Otto den Doktor genauer betrachtete, fielen ihm seltsame weiße Bläschen auf seinen blau-grünen Schuppen auf. Balbuny hatte eine Unmenge an seinem Unterbauch – sofern man bei der Anatomie der Chamurga überhaupt von einem Unterbauch sprechen konnte – und an seinen Beinen. Aus der Nähe betrachtet sahen die Bläschen wie Schimmel aus. Otto war sich sicher, dass sie bei der letzten Untersuchung vor einer Woche noch nicht dagewesen waren.

„Wie viele Bewohner, die mit mir eingezogen sind, haben denn eigentlich schon mit dem Training begonnen?", fragte er neugierig.

Der Chamurga-Arzt wirkte irritiert. Scheinbar war er es nicht gewohnt, dass ihm die Kreaturlinge Fragen stellten. „Schon einige", antwortete er knapp.

„Und wo ist die Trainingshalle? Kann man einmal beim Training zusehen?"

„Nein, das geht leider nicht. Das könnte die Athleten in ihrer Konzentration stören."

So einfach wollte sich Otto nicht abspeisen lassen. „Werden die Kämpfe bei uns im Fernsehen übertragen?", hakte er nach.

„Das weiß ich nicht. Für das Training bin ich leider nicht zuständig. Wir sehen uns nächste Woche wieder. Ich muss noch zu einigen anderen Bewohnern schauen", antwortete der Doktor. Hastig verließ er die Wohnung, als würde er vor etwas davonlaufen. Sein fahrender Med-Roboter folgte ihm wie ein braver Hund seinem Herrchen.

Otto seufzte und platzierte seinen breiten Hintern wieder auf der Couch. Mürrisch schaltete er den Fernseher ein und begann sich das Fußballweltmeisterschaftsfinale zwischen Indien und China aus dem Jahr 2046 anzusehen. Das Spiel fand in Sydney statt, und es waren eine Unmenge an Menschen im Stadion. Otto wusste nicht, wo sich Sydney überhaupt befand, und es interessierte ihn auch nicht. Er war so krank vor Einsamkeit, dass er sich die Hand abgehackt hätte, um wenigstens für einen kurzen Zeitraum mit Herbert oder anderen Artgenossen sprechen zu dürfen.

Als er nach einem Stück Kuchen griff, das noch vom Frühstück übrig war, fiel ihm auf, dass Doktor Balbunys Clipboard noch auf der Couch lag. Otto bekam ein schlechtes Gewissen. Offenbar hatte er den Arzt mit seiner dummen Fragerei verwirrt. Er schnappte sich das Clipboard und eilte zur Tür, die zu seiner Überraschung einen Spalt offenstand.

Vorsichtig näherte er sich und spähte hindurch. Draußen stand Balbuny, der sich über sein Helmtelefon mit jemandem auf Chamurgisch unterhielt. Für die Kreaturlinge klang diese Sprache wie ein seltsamer Singsang – in etwa so wie der Wind, wenn er durch die Blätter säuselt. Das lag daran, dass die Aliens nicht durch den Mund, sondern durch die Nase artikulierten. Für Otto hingegen machte jeder Laut Sinn. Im Zoo hatte er nicht nur gelernt, die komplexen Schriftzeichen der Chamurga zu lesen, er hatte auch gelernt, ihre Sprache zu verstehen. Dieses Geheimnis brachte einige Vorteile mit sich. Manchmal erfuhr er wichtige Dinge, ohne dass die Außerirdischen Verdacht schöpften, wenn er sich über einen längeren Zeitraum in ihrer Nähe aufhielt.

„Natürlich, Hampi. Die Frist werde ich einhalten. Ende der Woche liefere ich dir wie abgemacht die nächsten 50 Kreaturlinge."

Es folgte eine längere Pause. Otto hörte eine aufgeregte Stimme am anderen Ende der Leitung.

„Mach dir keinen Stress. Wenn ein Kreaturling bis dahin zu wenig auf die Waage bekommt, helfe ich mit kalorienreichen Softdrinks und Süßspeisen nach. Der Ausgang wird natürlich auch gestrichen."

Darauf folgte wieder die aufgeregte Stimme.

„Sag Gonxha, er braucht sich keine Sorgen wegen der Kosten zu machen. Die geplante Mastzeit ist für die ersteingezogenen Kreaturlinge bald beendet. Die meisten haben in einigen Tagen ihr Schlachtgewicht erreicht."

Von was sprach Balbuny da? Hatte er tatsächlich die Worte ‚Mast' und ‚Schlachtgewicht' in den Mund beziehungsweise in die Nase genommen? Otto schauderte und spitzte die Ohren, um mehr zu erfahren.

„Die Kunden müssen sich eben noch etwas gedulden. Das Fleisch der Kreaturlinge wird ihnen dafür dann umso besser schmecken. Die Restaurantkritiker und die Lebensmittelbehörde werden von unserer Qualität begeistert sein, du wirst sehen!"

Mit diesem Satz beendete Balbuny das Telefonat. Ottos Herz schlug wie wild. Wenn er nicht geträumt hatte, hatte er gerade mitangehört, dass Sumo Stadt nichts anderes war als eine große Lüge. Es ging gar nicht darum, die Chamurga mit Sumokämpfen zu unterhalten. Das alles war nur eine Inszenierung, um Menschen zu mästen, zu schlachten und ihr Fleisch den Chamurga als Delikatesse zu verkaufen.

Otto musste die anderen Bewohner unbedingt warnen. Er nahm sich vor, beim nächsten Ausgang so vielen wie möglich die Wahrheit zu erzählen.

Die Tür ging auf. Balbuny sah überrascht auf Otto hinab. „Ich glaube ich habe mein Clipboard in Ihrer Wohnung vergessen", kam es aus seinem Helmsimultanübersetzer.

Otto schlotterten nervös die Knie. „Hier ist es, Herr Doktor. Ich wollte es Ihnen gerade bringen."

Balbuny musterte Otto argwöhnisch. „Sind Sie sicher, dass Ihnen nichts fehlt? Ich könnte Ihnen ein paar verdauungsfördernde Tabletten verschreiben."

Otto winkte ab. „Ist schon in Ordnung. Ich brauche nur ein Glas kaltes Wasser."

„Wenn Sie meinen. Vielleicht essen Sie heute Abend etwas Leichtes. Ich empfehle Ihnen Nudeln mit Reis und Kartoffeln, dazu Joghurt und Vollkornbrot. Und die Süßigkeiten lassen Sie besser weg!"

„Vielen Dank, Herr Doktor." Balbuny schloss die Tür. Otto fühlte, wie ihm die Hitze in den Kopf stieg. Er eilte zur Toilette, riss den Klodeckel in die Höhe, beugte sich nach vorne und übergab sich.

Die Fressorgie

Die nächsten Wochen waren für Otto die schlimmsten seines Lebens. Obwohl er köstliches Essen vorgesetzt bekam und ihm ständig der Magen knurrte, hütete er sich davor, etwas zu essen, um ja nicht an Gewicht zuzulegen. Doktor Balbuny gefiel das natürlich gar nicht.

„Das kann doch nicht wahr sein. Haben die Medikamente, die ich Ihnen verschrieben habe, etwa nicht geholfen?", fragte er, als er Otto wieder einmal einen Besuch abstattete. Seine großen, starren Augen fixierten ihn, was bedeutete, dass er zornig war.

Otto schüttelte den Kopf.

Balbuny gab ein seltsames Schnaufen von sich, das sich sehr bedrohlich anhörte. „Ich glaube, Sie spielen mir etwas vor. Sie sind schon weit über der durchschnittlichen Aufenthaltsdauer hier in Sumo Stadt. Fast alle, die mit Ihnen angekommen sind, haben schon mit dem Training begonnen."

„Ich will doch endlich mit dem Training anfangen, Herr Doktor! So glauben Sie mir doch!", flehte Otto. Er bemühte sich, so bedauernswert wie möglich zu klingen. „Ich weiß nicht, warum mir ständig so übel ist. Jedes Mal, wenn ich etwas esse, muss ich die Toilette aufsuchen und mich übergeben."

Der Doktor sah ihn nur schweigend an. Er kramte in der Apotheke seines Med-Roboters, gab einige bunte Tabletten in einen Dispenser und leerte eine durchsichtige Flüssigkeit in einen kleinen Plastikbecher. „Nehmen Sie von diesen Tabletten je eine morgens, mittags und abends. Und vor dem Schlafengehen nehmen Sie diese Tropfen, die sollten Ihnen helfen."

„Vielen Dank, Herr Doktor." Als die Tür ins Schloss fiel, ließ sich Otto in seinen weichen Kopfpolster fallen. Erleichtert blies er einen Schwall Atemluft an die Decke. Es war klar, dass er diese Schauspielerei nicht lange durchziehen konnte. Und wenn es stimmte, dass die meisten Bewohner bereits mit dem „Training" begonnen hatten, musste er sich beeilen. Vielleicht konnte er doch noch einige retten.

Gleichzeitig wurde ihm die Ausweglosigkeit seiner Lage bewusst. Selbst wenn es ihm gelang, die anderen zu warnen, war es fast unmöglich, aus Sumo Stadt zu fliehen. Doch auf der Flucht von einem Plasmagewehr durchlöchert zu werden war für ihn allemal besser als als Würstchen oder Kotelett zu enden.

Aufgrund seiner chronischen Übelkeit bekam Otto nun öfter Ausgang. Doktor Balbuny glaubte, dass ihm die frische Luft guttun würde. Jedes Mal suchte Otto fieberhaft den Park nach Herbert ab, doch der war wie vom Erdboden verschluckt. Otto befürchtete bereits das Schlimmste, als ihm doch eines Tages das Glück hold war und er Herbert über den Weg lief. Obwohl Herbert bereits aussah wie eine wandelnde Regentonne, hatte sein „Sumotraining" noch nicht begonnen.

Otto sah sich um. Die Wachen am Eingang des Parks waren gerade abgelenkt, weil sie sich einen Spaß damit machten, mit ihren Plasmagewehren auf Vögel zu schießen. Otto nutzte ihre Unaufmerksamkeit und näherte sich Herbert so unauffällig wie möglich. „Folge mir in den Pavillon. Ich muss dir etwas berichten", flüsterte er ihm zu.

Otto und Herbert setzen sich auf die Holzbank im Pavillon. Ein herunterhängender Ast einer Birke verdeckte die Sicht auf die Wachen, sodass sich Otto einigermaßen sicher fühlte. „Ich muss dir etwas berichten. Sumo Stadt ist nicht das, was es vorgibt zu sein", sagte er.

Herbert, der vor Anstrengung keuchte wie ein Hund, runzelte die Stirn.

„Wir werden hier nicht gemästet, um zu Sumoringern ausgebildet zu werden, sondern weil sie uns aufessen wollen."

Herberts rosarotes Schweinchengesicht verlor mit einem Schlag jegliche Farbe. „Was? Woher weißt du das?"

„Ich habe Balbuny bei einem Telefonat belauscht. Er hat von einer Mast gesprochen und davon, dass wir bald alle schlachtreif sein werden."

„Wie meinst du das, du hast ihn belauscht?"

„Ich kann Chamurgisch."

„Du nimmst mich auf den Arm, oder? Dieses komische Gesäusel kann doch kein Mensch verstehen."

„Ich schon. Ich habe die Sprache bei meiner Arbeit im Zoo gelernt. Ich kann auch ihre Schrift lesen." Otto sah sich um und bückte sich nach vorne. „Wenn du überleben willst, dann mach es wie ich: Täusche eine Übelkeit vor. Nimm keinen Bissen mehr zu dir, sonst bist du bald tot."

„Das ist wirklich schlimm, was du mir da erzählst, mein Freund", stammelte Herbert. „Aber wenn es wahr ist, müssen wir den anderen Bewohnern unbedingt Bescheid geben!"

„Wir können nicht alle warnen, das wäre zu auffällig. Aber wenn Balbuny sieht, dass wir zwei nicht funktionieren wie geplant, lassen sie uns vielleicht gehen."

Herbert ließ die Schultern hängen. „Wohin soll ich schon gehen? Zurück in meinen alten Job und in meine kalte Baracke?"

„Willst du lieber geschlachtet werden?"

„Nein, natürlich nicht! Wenn ich nicht so fett wäre, würde ich einfach davonlaufen."

Otto dachte angestrengt nach. „Es muss doch noch einen Ort in dieser verrückten Welt geben, wo Menschen in Sicherheit leben können!"

„Den gibt es auch!", sagte Herbert. Ich habe mich jahrelang mit meiner Familie in den Bergen in einer stillgelegten Salzmine versteckt. Wir haben uns hauptsächlich von wilden Kräutern, Gämsen und Murmeltieren ernährt. Mein Vater war Jäger und hatte ein Gewehr. Wir haben das Fleisch der Tiere wie die Steinzeitmenschen über offenem Feuer gebraten. Leider haben uns die Chamurga entdeckt. Seitdem habe ich meine Familie nicht mehr wiedergesehen."

„Glaubst du, dass sich immer noch Menschen in den Bergen verstecken?", fragte Otto.

„Kann schon sein. Ich gehe davon aus, dass es noch Überlebende gibt, die ein Leben in Freiheit führen."

Bei dem Wort *Freiheit* – so fremd und unwirklich es auch klang - strömte ein Glücksgefühl durch Ottos Körper. Vielleicht bestand doch noch Hoffnung, die Chamurga eines Tages loszuwerden.

„Hör zu, Herbert! Wir beide gehen von heute an in Hungerstreik. Die Chamurga werden uns wahrscheinlich an die Kohlengruben verkaufen oder sowas in der Art, aber das kann uns nur recht sein. Hauptsache ist, wir kommen hier raus. Und dann versuchen wir, uns in die Berge durchzuschlagen, abgemacht?"

„Abgemacht!", antwortete Herbert. Er warf einen nervösen Blick nach draußen. Zwei Chamurga patrouillierten durch den Park und befahlen den Kreaturlingen, sich beim Ausgang zu sammeln.

„Verdammt, die Stunde ist schon wieder vorbei. Wir sehen uns beim nächsten Ausgang, okay?"

Herbert nickte. Die beiden verließen den Pavillon und reihten sich in die lange Schlange der Kreaturlinge ein. Im Gänsemarsch ging es zurück in die Wohnungen.

Obwohl das Essen herrlich duftete und noch besser aussah, rührte Otto auch in den nächsten Tagen keinen Bissen an. Er hoffte, dass auch Herbert der Verlockung widerstand und sich wie vereinbart an die strenge Diät hielt. „Halt durch, mein Freund. Gemeinsam schaffen wir das!", betete er jedes Mal, wenn der automatische Essenslieferant kam und die unangetastete Essensbox wieder mitnahm. Er sehnte schon den nächsten Ausgang herbei, bei dem er endlich wieder mit Herbert Fluchtpläne schmieden konnte.

An einem frühen Nachmittag einige Tage später hörte Otto kurz nach dem Mittagessen verdächtige Geräusche aus der Nachbarwohnung. Es krachte und polterte, als würde jemand das ganze Mobiliar kurz und klein schlagen. Otto presste sein Ohr gegen die Wand und lauschte.

„Lasst mich los! Geht weg!" Herberts schrille Stimme war durch die Mauer deutlich zu hören. Danach folgten einige wütende Sätze auf Chamurgisch, und Otto glaubte, die Stimme von Doktor Balbuny erkannt zu haben.

Wieder krachte es, als wäre drüben eine wilde Schlägerei im Gange. Irgendetwas schlug dumpf gegen die Wand. Darauf folgte Stille. Von Herbert und den Chamurga war nichts mehr zu hören. „Sie haben ihn umgebracht. Diese Schweine haben ihn umgebracht!", befürchtete Otto.

Er eilte zur Tür und spitzte die Ohren. Dem schlurfenden Geräusch nach zu schließen entfernten sich mehrere Chamurga in Richtung Straße. Wieder hörte er Balbunys Stimme, und nun kehrten die schlurfenden Schritte zurück.

Ottos Tür ging auf. Zwei großgewachsene Wachmänner standen vor ihm und befahlen ihm, sich auf die Couch zu setzen. Im Hintergrund sah er, wie ein lebloser, massiger Körper auf einen Transporter geladen und anschließend weggebracht wurde.

„Was habt ihr mit ihm vor?", fragte Otto, den die Panik ergriff.

„Sei still und setz dich, Kreaturling!", befahlen die Chamurga. Widerwillig folgte Otto der Anweisung.

Die Wachmänner warfen einen skeptischen Blick auf die ungeöffnete Essensbox auf dem Tisch. „Warum hast du dein Essen schon wieder nicht angerührt?", fragten sie.

„Ich habe keinen Hunger", log Otto, was ein großer Fehler war.

„Das ist schlecht", antworteten die beiden Aliens und zückten ihre Elektroschocker. „Wir gehen nicht eher weg, bis du alles aufgegessen hast, verstanden?"

Sie öffneten die Kunststoffbox mit dem wie immer unangetasteten Mittagsmenü. Sie enthielt Schweinebraten mit Kartoffelknödeln. Als Dessert gab es Marmorkuchen mit Keksen und eine Tasse Kaffee.

„Ich kann das nicht essen. Mir ist so schlecht in letzter Zeit", sagte Otto, obwohl ihm das Wasser im Mund zusammenlief.

Ohne Vorwarnung attackierte ihn einer der beiden Chamurga mit dem Elektroschocker. Da Otto weiterhin keine Anstalten machte, mit dem Essen zu beginnen, verpasste ihm auch der zweite einen Stromstoß.

„Au! Was soll das?" Die Wachleute fanden schnell Gefallen an dem Spiel und traktierten Otto abwechselnd von links und rechts mit Stromstößen. Otto wand sich wie ein Fisch an Land, ohne überhaupt die Möglichkeit zu bekommen, nach den Speisen zu greifen.

Die Chamurga verloren nun endgültig die Geduld. Einer der beiden packte den Schweinebraten und stopfte ihn Otto in den Mund. „Jetzt friss endlich!", schnauzte er ihn aus seinem Helmsimultanübersetzer an.

Otto versuchte sich zu wehren, doch die Chamurga waren stärker als er. Mit aller Gewalt stopften sie ihm das dicke Stück Fleisch und die Knödel in den Schlund ohne ihm genügend Zeit zum Kauen zu lassen. Otto würgte und lief blau an. Er befürchtete schon, zu ersticken.

„Es muss alles aufgegessen werden, ist das klar? Befehl vom Doktor", sagten die Chamurga, als Otto den Schweinebraten endlich runtergewürgt hatte. Er keuchte und schwitzte vor Anstrengung, doch die beiden gönnten ihm nur eine kurze Verschnaufpause.

Ein Wachmann ging nach draußen und kam einige Minuten später mit fünf weiteren Kunststoffboxen in den Händen zurück. Sie waren voller Würstchen, Nudeln, verschiedener Käsesorten, Schinken, Hackfleischbällchen, Chicken Wings, Pommes Frites mit einer dicken Schicht Mayonnaise, Schnitzel, pinkfarbenen Donuts und einer Thunfischpizza.

„Und weiter geht's!", sagte sein Kollege und rollte dabei wild mit den Augen. Die Chamurga setzten sich neben Otto und klemmten ihn förmlich zwischen sich ein, um ihm keine Möglichkeit zur Flucht zu geben. Ein Wachmann spießte ein Hackfleischbällchen auf einer Gabel auf. Der andere griff nach einer Handvoll Pommes, und gemeinsam stopften sie ihrem wehrlosen Opfer alles auf einmal in den Mund.

So ging das fast eine Stunde lang, bis nur noch einige Krümel und Knochen auf den Tellern lagen. Von den ganzen Speisen hatte Otto nicht einmal ein Viertel behalten. Erbrochenes tropfte aus seinem Mund und seiner Nase und besudelte sein T-Shirt, seine Boxershorts und die Couch. Auf dem Parkettboden hatte sich eine eklige Lache aus unzerkauten Essensresten und Magensaft ausgebreitet. Auch die beiden Wachmänner waren mit Erbrochenem beschmiert, was sie allerdings nicht störte.

„Gut so!", sagte der Chamurga, der links von Otto saß. Zufrieden rollte er mit seinen Augen.

„Aber wehe, du kotzt wieder alles aus. Wir wischen sonst alles auf und kochen daraus eine Suppe für dich", drohte sein Kollege.

Die beiden Chamurga verließen die Wohnung ohne sich weiter um Otto zu kümmern. Er fühlte sich speiübel, und sein Kehlkopf brannte von der Magensäure. Wegen des salzhaltigen Essens litt er so großen Durst, dass er einen ganzen Bergsee hätte austrinken können. Er wünschte sich nichts sehnlicher als ein Glas kalten Wassers. Nicht einmal einen Schluck hatten ihm diese Monster während der ganzen Tortur vergönnt.

Otto versuchte, langsam und tief einzuatmen. Er verspürte den starken Drang, die Wände einzureißen und zu fliehen. Wohin war ihm egal. Er wollte einfach nur raus aus dieser Irrenanstalt, in der man buchstäblich gehalten wurde wie Schlachtvieh.

Ihm war nun klar, was mit Herbert geschehen war. Wahrscheinlich hatte er die aufgezwungene Fressorgie verweigert, worauf ihn die Wachmänner so lange mit Stromstößen traktiert hatten, bis er einen Herzinfarkt erlitt. Vielleicht war er auch am Essen erstickt, weil sie ihm keine Zeit zum Kauen gelassen hatten.

„Herbert, wo bist du?", flüsterte Otto. Wie gern hätte er ein Lebenszeichen von seinem Freund erhalten. Vielleicht hing er in diesem Moment schon in zwei Hälften geteilt an Haken in einem Kühlraum.

Otto schauderte bei diesem Gedanken so sehr, dass ihn wieder ein starker Brechreiz überkam. Er presste die Hände auf den Mund, konnte dem Druck aber nicht standhalten. Erbrochenes schoss durch seine Finger. Auf dem Weg zur Toilette konnte man ablesen, welche Gerichte an diesem Tag auf dem Speisezettel gestanden hatten.

Flucht aus Sumo Stadt

In dieser Nacht fand Otto keinen Schlaf. Immer wieder überkam ihn die Übelkeit, und er musste die Toilette aufsuchen, wo er sich die Seele aus dem Leib kotzte. Irgendwann war sein Magen völlig leer, aber die Bauchkrämpfe hörten nicht auf und plagten ihn die ganze Nacht hindurch.

Otto öffnete das kleine Fenster zum Park und sog die kühle, klare Luft in sich ein, bis er sich schließlich doch etwas wohler fühlte. Der Vollmond glich in dieser Nacht einem riesigen, blankpolierten Goldstück und leuchtete so hell, dass die Bäume und der Pavillon einen breiten Schatten warfen. Minutenlang stand er da, ohne den Blick von dem Erdtrabanten abzuwenden.

Der Sternenhimmel funkelte in dieser Nacht wie ein schwarzer Teppich, auf den man tausende winzige Diamanten aufgenäht hatte. Mit offenem Mund bestaunte Otto dieses wunderschöne Schauspiel. In der Stille überkam ihn ein Gefühl der Sicherheit und Vertrautheit. Es war unvorstellbar, dass die grausamen Chamurga aus den Tiefen dieses friedlichen Universums gekommen waren, um die Erde zu kolonisieren und ihr Verderben über die Menschheit zu bringen.

Etwas Dunkles zog über den Nachthimmel hinweg, was Otto auf den ersten Blick für einen Schoof Gänse hielt. Das unbekannte Flugobjekt kam immer näher, bis deutlich wurde, dass es sich um einen Konvoi aus Flug-Transportern handelte. Die Luftgleiter waren im Schein des Mondes klar zu erkennen und flogen so dicht hintereinander, dass sie einem Kometen glichen, der einen langen Schweif nach sich zog.

Otto wunderte sich, dass Sumo Stadt zu so später Stunde noch eine Lieferung erwartete. Er glaubte, dass der Konvoi schnell vorüberziehen und er ihn bald aus den Augen verlieren würde, doch stattdessen näherte er sich mit rasender Geschwindigkeit.

Die Luftgleiter wurden immer größer und größer, sodass Otto jeden einzelnen von ihnen klar erkennen konnte. Es waren genau zehn sofern er sich nicht verzählt hatte. Brachten die Chamurga mitten in der Nacht noch neue Bewohner? Das war schwer vorstellbar, doch es sah tatsächlich danach aus.

Mit einem sanften Rauschen setzten die Flug-Transporter draußen auf der Straße zwischen den Wohnhäusern zur Landung an. Otto eilte so schnell er konnte zur Tür und presste sein Ohr dagegen. Lautstark wurden Kommandos in der Sprache der Chamurga gerufen, und er hörte, wie sich jemand mit deutlichen Schlurfgeräuschen seiner Wohnung näherte.

Gleich darauf schlug etwas Hartes gegen die Tür. Ehe Otto reagieren konnte brach sie mit voller Wucht auf, und er wurde mindestens zwei Meter weit in den Gang hinein geschleudert. Otto versuchte sich zur Seite zu drehen und aufzustehen, doch er war behäbig wie ein Käfer, der auf dem Rücken lag und die Beine in die Höhe streckte.

Wieder riefen sich einzelne Chamurga etwas zu. Dieses Mal klang es sehr nahe, als wären sie schon in sein Haus eingedrungen. „Packt ihn und ladet ihn auf!", sagte jemand auf Chamurgisch. Schlurfend kamen die Außerirdischen auf ihn zu. Otto wurde von starken, mit harten Schuppen bedeckten Armen in die Höhe gehoben. Blut lief ihm aus der Nase und seine Wangen hinab. Obwohl es sehr dunkel war, konnte er ihre abscheulichen Körper und Helme genau erkennen.

Die Chamurga schleppten Otto wie einen Sack Kartoffeln ins Freie. Ganz Sumo Stadt war taghell erleuchtet. Otto schloss die Augen, um nicht von den von leistungsstarken Scheinwerfern der Transporter geblendet zu werden. Über eine hydraulische Rampe wurde er auf die Ladefläche eines Transporters gehievt, der direkt vor seiner Wohnung zur Landung angesetzt hatte. Der Luftgleiter war so breit, dass er die ganze Straße einnahm.

„Vorne hinsetzen!", kam ein Befehl aus einem Helmsimultanübersetzer.

Otto kroch so weit nach vorne wie möglich. Immer mehr Bewohner aus Sumo Stadt wurden gewaltsam aus ihren Häusern getrieben und dazu gezwungen, auf die Rampe zu steigen. Das ging so lange, bis die Ladefläche voller übergewichtiger Kreaturlinge war, die sich dicht aneinanderdrängten.

Otto bekam das Gefühl, erdrückt zu werden. Unter die Zurufe und Kommandos der so plötzlich aus dem Nachthimmel herabgestiegenen Chamurga mischte sich das wütende Fauchen anderer Außerirdischer. Einige Kreaturlinge schrien wie am Spieß und versuchten, in ihre Häuser zurückzukehren, wurden aber von den Neuankömmlingen daran gehindert. Otto bekam es nun richtig mit der Angst zu tun.

In unmittelbarer Nähe wurde eine Salve aus einem Sturmgewehr abgefeuert. Die wie aus dem Nichts aufgetauchten Chamurga zückten ihre Plasmapistolen und setzten dem Widerstand sofort ein Ende. Die Plasmapulse ihrer Waffen klangen dumpf und tief wie Basstöne.

Für wenige Sekunden setzte eine gespenstische Stille ein, als hätte man einfach die Lautstärke abgedreht. Hektisch wurden die Bewohner weiter zu den Transportern getrieben, bis die Ladeflächen bis auf den letzten Platz gefüllt waren. Die Rampen schlossen sich. Die leistungsstarken Düsen begannen zu rauschen, und die vollbeladenen Luftgleiter schwebten in die Höhe.

Ein kühler Luftzug kam auf, als die beabsichtigte Flughöhe erreicht war und die Fahrzeuge beschleunigten. Otto, der nur ein T-Shirt, eine Jogginghose und seine Flip-Flops trug, begann zu frieren. Er konnte nicht erkennen, wohin die Reise ging, denn dazu hätte er aufstehen müssen, was auf der viel zu engen Ladefläche unmöglich war. Es war nur klar, dass sich die Transporter mit rasender Geschwindigkeit von Sumo Stadt entfernten.

Otto sah die Sterne und den Vollmond über sich hinwegflitzen. Ähnlich einem Funken zeichnete eine Sternschnuppe eine gleißend helle Linie auf dem Nachthimmel, doch er dachte in diesem Moment nicht daran, sich etwas zu wünschen.

Nach etwa einer halben Stunde drosselte der Konvoi die Geschwindigkeit und verlor an Flughöhe. Die Transporter schwebten langsam zu Boden und landeten so sanft, dass die Insassen auf der Ladefläche nicht den geringsten Ruck verspürten. Obwohl es immer noch sehr dunkel war,

konnte Otto die Umrisse hoher Bäume rund um den Lande-
platz erkennen.

Surrend öffnete sich die Heckklappe. „Alle aussteigen!",
erklang ein Befehl aus einem Lautsprecher.

Mühsam und umständlich rappelten sich die ganz vorne
sitzenden Kreaturlinge auf. Alles ging so langsam vor sich,
dass es Otto wie eine gefühlte Ewigkeit vorkam, bis er endlich von der Rampe des Transporters stieg.

Im Licht der Scheinwerfer konnte Otto die anderen ent-
führten Bewohner aus Sumo Stadt erkennen. Sie sahen
müde und desorientiert aus, da niemand wusste, was das
Alles zu bedeuten hatte. Fast alle trugen nur einen Pyjama
und Badeschlapfen, andere waren wie er halbnackt, da sie
keine Zeit gefunden hatten, sich anzuziehen.

„Alle Kreaturlinge entlang der Forststraße der Reihe
nach aufstellen!", kam es aus dem Lautsprecher.

Zögernd setzte sich die Menge – Otto schätzte, dass es
über 200 Menschen waren – in Bewegung. Einigen
Chamurga ging das zu langsam, sodass sie die Kreaturlinge
mit lauten Zurufen antrieben und ihnen mit Handbewe-
gungen anzeigten, wo sie sich hinstellen sollten.

Nachdem sich die Kreaturlinge in Reih und Glied aufge-
stellt hatten, begannen die Chamurga, einen nach dem anderen zu untersuchen.

„Wo bist du gechippt? Zwischen den Schulterblättern,
am Oberschenkel oder am Ohr?", fragten sie jeden einzelnen beziehungsweise jede einzelne.

Die Kreaturlinge verhielten sich kooperativ und verrie-
ten ihnen die Implantationsstelle. Die Chamurga scannten
sie mit einem Detektor ab, um die genaue Position der

reiskorngroßen Mikrochips festzustellen. Mit einem Instrument, das aussah wie eine Tätowiermaschine, stachen sie ihnen unter die Haut und entfernten die Chips.

„Wo bist du gechippt?", fragte ein Chamurga Otto, als er an der Reihe war. Der Außerirdische trug wie seine Kommilitonen eine grüne Schärpe quer über seinen Körper, die ihre Uniform zu sein schien.

„Zwischen den Schulterblättern", antwortete er.

„T-Shirt ausziehen und umdrehen!"

Otto folgte den Anweisungen und bekam sofort eine Gänsehaut. Es war zwar Hochsommer, doch in dieser Nacht hatte es höchstens 13 Grad. Außerdem ging ein leichter Wind, der ihn frösteln ließ.

Der Detektor piepste laut, als er die Implantationsstelle gefunden hatte. Otto spürte einen leichten stechenden Schmerz an seinem Rücken, dann war er den Chip ein für alle Mal los. Er durfte sich nun wieder anziehen und umdrehen. Der Chamurga nahm sich den nächsten Kreaturling vor. Den Mikrochip warf er auf die schmutzige Forststraße und zertrat ihn mit seinem Stiefel.

Nachdem die Chips aller Kreaturlinge entfernt worden waren, forderten die Chamurga sie auf, wieder auf die Flug-Transporter zu steigen. Otto, der in der Mitte der Reihe gestanden war, stieg als einer der letzten auf die hydraulische Rampe. Kaum hatte er seinen Fuß daraufgesetzt, erschien ein weiterer Fluggleiter, der etwa fünf Meter über der Lichtung stoppte und wie an einem unsichtbaren Seil hängend in der Luft schwebte.

Aus dem Lautsprecher des Flugmobils drang ein wütendes Fauchen, was nichts Gutes bedeutete. Während die

Kreaturlinge weiter auf die Ladeflächen kletterten, suchten die Entführer sofort Deckung hinter den Transportern.

Wieder kam das wilde Fauchen aus dem Lautsprecher. Die Chamurga am Boden hatten sich nun vom ersten Schock erholt und erwiderten die Beschimpfungen. Manche wagten sich sogar aus der Deckung und zückten ihre Plasmapistolen, die sie auf den ungebetenen Gast richteten. Als Antwort fuhr das Flugmobil zwei Plasmakanonen aus, die wie plumpe Flügel aussahen und in verschiedene Richtungen schwenkten, als wollten sie den Transporter-Piloten unter sich anzeigen, dass es für sie kein Entrinnen gab.

Soweit Otto sie verstehen konnte, versuchten die Insassen des Flugmobils, den Entführern Angst einzuflößen und sie dazu zu bringen, mit ihnen zu verhandeln. Doch diese zeigten sich unbeeindruckt und setzten ihre wüsten Beschimpfungen fort.

„Hallo, Bewohner von Sumo Stadt. Hier sind eure Besitzer Hampi und Gonxha", kam es nun laut und deutlich aus dem Lautsprecher. „Wir sind gekommen, um euch aus den Fittichen dieser Diebe und Sklavenhändler zu retten."

„Glaubt denen kein Wort! Sie sind die wahren Übeltäter, und wir sind eure Retter!", kam es aus den Helmsimultanübersetzern der Chamurga am Boden.

„Bewohner von Sumo Stadt! Steigt von diesen Transportern herunter und kommt zu uns zurück! Erinnert euch daran, wie gut es euch an diesem gesegneten Ort gegangen ist! Habt ihr je ein schöneres Leben gehabt als dieses? Bei uns werdet ihr zu professionellen Sumo-Kämpfern ausgebildet. Ruhm und Ehre erwarten euch. Diese Verbrecher aber wollen euch als Sklaven an Fabriken verkaufen, wo ihr bis zu eurem Lebensende schuften könnt."

„Lüge, alles Lüge! Sie sind die wahren Verbrecher! Sie mästen euch doch nur, um euch zu schlachten und aus euch Würstchen und Steaks zu machen", antworteten die Entführer.

Ein tiefes Raunen ging durch die Reihen der Kreaturlinge. Otto war als einziger nicht überrascht, weil er die Wahrheit schon kannte. Dennoch schockierte ihn diese Aussage genauso wie die anderen. Tief in seinem Inneren hatte er gehofft, dass er sich vielleicht doch geirrt hatte.

Als Antwort auf die Vorwürfe der Entführer kam erneut das bedrohliche, laute Fauchen aus dem Lautsprecher des Flugmobils. Das Luftfahrzeug flog im Zickzackkurs hin und her und nahm die Flug-Transporter unter sich mit den Plasmakanonen ins Visier.

„Gebt uns unser Eigentum sofort zurück, sonst eröffnen wir das Feuer auf euch alle!" Gonxha und Hampi verwendeten abermals die Sprache der Kreaturlinge. Sie hofften offenbar, dass die Kreaturlinge Widerstand gegen ihre Entführer leisten würden, doch das geschah nicht. Kein einziger machte Anstalten, von den Transportern zu steigen oder davonzulaufen. Alle schienen in eine Schockstarre verfallen zu sein.

„Das ist unsere letzte Warnung!", schrien die beiden und gaben einen Schuss aus einer Kanone ab. Wie ein greller Blitz schoss das mehrere Millionen Grad heiße Warpplasma durch die Luft und traf eine dicke alte Eiche, die innerhalb einer tausendstel Sekunde zu Asche zerfiel.

Die Luft war mit einem Schlag so heiß, als hätten sich alle Tore zur Hölle geöffnet. Ottos Lungen brannten wie Feuer, und er versuchte, den Atem anzuhalten. Die Haare auf seiner Haut und auf seinem Kopf hatten sich gekrümmt, und es stank nach verbrannter Erde.

Die Entführer wurden nervös. Während manche weiterhin nach Deckung suchten und mit ihren unterlegenen Plasmapistolen auf das schwebende Flugmobil zielten, sprangen andere in die Cockpits ihrer Transporter und versuchten Reißaus zu nehmen.

Gonxha und Hampi eröffneten sofort das Feuer auf eines der Fahrzeuge, das sich gerade in die Luft erhob. Die Geschosse schmolzen sich durch den Motorblock, als bestünde er aus Butter. Der Transporter kippte zur Seite. Die Kreaturlinge rutschten von der Ladefläche und fielen mehrere Meter in die Tiefe. Einige versuchten verzweifelt, sich irgendwo festzuhalten, doch der Transporter begann sich wie ein Kreisel zu drehen und warf sie ab.

Knochen splitterten und Schmerzensschreie gellten durch die aufgeheizte Luft, als die Insassen auf dem harten Boden aufprallten. Der Pilot des getroffenen Transporters verlor die Kontrolle über seinen Luftgleiter und kollidierte mit einem anderen. Beide Transporter stürzten ab und begruben die am Boden liegenden Kreaturlinge unter sich.

Die Chamurga am Boden begannen aus allen Rohren auf das Flugmobil zu schießen, um ihren Kameraden in der Luft Feuerschutz zu geben. Immer wieder musste das Flugmobil den Schüssen ausweichen, sodass die Plasmakanonen ihr Ziel verfehlten und das heiße Warpplasma tiefe Krater in den Boden grub.

Auch andere Transporter des Konvois suchten nun ihr Heil in der Flucht. Der Aufbruch verlief jedoch völlig chaotisch. Wie beim Autodrom stießen die Luftgleiter zusammen und warfen Kreaturlinge ab, die laut schreiend von der Ladefläche fielen.

Otto, der noch auf der Rampe stand und gerade auf die Ladefläche klettern wollte, verlor bei dem ruckartigen Start das Gleichgewicht und fiel nach hinten. Er landete mit seinem Rücken in einer schlammigen Pfütze, wobei er sich außer einigen Abschürfungen zum Glück keine gröberen Verletzungen zuzog.

Die Chamurga im Cockpit hatte offenbar die Panik gepackt, denn der Transporter raste los wie ein wildgewordener Stier. Dabei krachte er gegen einen anderen, der versucht hatte, den Plasmablitzen des Flugmobils auszuweichen. Der Transporter stellte sich senkrecht auf wie die sinkende Titanic. Alle Kreaturlinge rutschten von der Ladefläche und fielen übereinander. Auf dem Boden bildete sich ein Haufen dicker Leiber, aus dem Arme, Beine und Köpfe ragten, die ineinander verknotet zu sein schienen.

Der Luftgleiter krachte rückwärts auf den Boden, blieb aber unversehrt und setzte zu einem erneuten Fluchtversuch an. Otto wusste, dass er keine Zeit verlieren durfte. Er wühlte sich aus dem Dreck, rappelte sich hoch und lief so schnell er konnte auf den Transporter zu, dessen nun freigewordene Ladefläche sich ihm geradezu einladend präsentierte.

„He du da! Hilf uns, bitte hilf uns!", riefen ihm einige Kreaturlinge zu, die am Boden lagen und sich aus der Umklammerung zu befreien versuchten.

Otto hätte ihnen nur zu gerne geholfen, doch jetzt galt es, sein eigenes Leben zu retten. Er bestieg die Rampe und hechtete sich gerade noch rechtzeitig auf die Ladefläche. Im nächsten Moment schoss der Flug-Transporter los und beschleunigte mit rasender Geschwindigkeit.

Äste und Zweige krachten gegen die Unterseite des Luftgleiters. Otto hörte den dumpfen Knall der Plasmakanonen und Plasmapistolen, die Schmerzensschreie der verletzten Kreaturlinge und die wütenden Rufe der Chamurga hinter sich. Der Transporter stieg immer weiter in die Höhe. Der Gefechtslärm wurde schnell leiser, bis nur mehr das Rauschen des Windes zu hören war.

Überfall der Partisanen

Als der Transporter endlich langsamer wurde und an Höhe verlor, dämmerte bereits der Morgen. Halb erfroren und völlig erschöpft wagte Otto einen vorsichtigen Blick über die Absperrung der Ladefläche. Die Entführer – beziehungsweise seine Befreier, je nachdem, wie man die etwas komplexe Lage betrachtete – flogen über ein kleines Dorf hinweg, in dem sie offenbar zur Landung ansetzen wollten.

Unter Otto tat sich ein malerisch schönes Tal auf, wie er es noch nie in seinem Leben gesehen hatte. Die ersten Sonnenstrahlen blitzten über die Gipfel der hohen Berge. Das Dorf lag an einem großen See, dessen Wellen im Morgenlicht schimmerten. Die Wiesen und Wälder rundherum formten helle und dunkle Flecken – manche waren quadratisch, manche dreieckig, manche rechteckig oder kreisrund – als hätte jemand eine löchrige Hose schlampig mit alten Stoffresten genäht.

Unzählige Häuser und Häuschen mit verwilderten Gärten schmiegten sich eng aneinander. Von den Straßen zweigten kleinere Gässchen ab, sodass das Dorf von oben betrachtet wie ein missgestaltetes Tier mit vielen kurzen und längeren Beinen aussah.

Die Hauptstraßen des Dorfs liefen auf ein gemeinsames Zentrum hin – einen grauen, gepflasterten Platz, der wie eine kahlgeschorene Stelle aussah und von hohen Häusern umringt war. In der Mitte des Platzes stand ein komisches, langgezogenes Gebäude mit einem hohen Turm, auf dessen Spitze ein Kreuz thronte. Ansonsten standen dort nur ein alter Steinbrunnen, ein verwitterter Fahnenmast und einige Linden.

Der Flug-Transporter senkte sich immer weiter hinab und setzte völlig sanft und geräuschlos auf dem Pflaster auf. Otto hörte schlurfende Geräusche, dann öffnete sich die Klappe am Ende der Ladefläche.

„Du kannst aussteigen, Kreaturling. Wir sind in Sicherheit."

Otto wunderte sich, dass der Chamurga so tat, als gehöre er zu ihnen. Er stieg die Rampe hinab und ließ seinen Blick über den Dorfplatz gleiten. „Wo sind wir?", fragte er.

„Das ist unser Versteck", antwortete der zweite Chamurga, der etwas kleiner war als sein Kollege. Er deutete auf das seltsame Gebäude mit dem hohen Turm.

Leise summend fuhr die Rampe hoch, und die beiden schlossen die Heckklappe. Dann breiteten sie ein olivgrünes Tarnnetz über dem Transporter aus, sodass er aussah wie ein großer Haufen Laub.

Im Dorf war es völlig still. Nur der Brunnen plätscherte leise vor sich hin. Die Häuser rund um den Dorfplatz sahen schon etwas heruntergekommen aus und waren offensichtlich schon lange unbewohnt.

Die beiden Chamurga warfen einen sehnsüchtigen Blick in den Himmel, als hofften sie, dass noch ein Transporter auftauchen würde. „Komm mit, Kreaturling!", sagten sie schließlich schwermütig, und Otto folgte ihnen in das große Gebäude.

Sie stiegen eine breite steinerne Treppe hinauf und öffneten ein imposantes Tor aus massivem Eichenholz. Darauf folgte ein kleiner Vorraum, in dem ein weiteres Portal ins

Innere des Gebäudes führte. Ein modriger Geruch nach altem Holz stieg Otto in die Nase. Voller Staunen betrat er einen riesigen Saal mit langen Sitzbänken und hohen Säulen. Durch bunte Fenster schien das Licht in den verschiedensten Farben, sodass man glaubte, mitten in einem Regenbogen zu stehen. Die Gänge waren mit Mosaiken und hellen Marmorfliesen ausgelegt.

„Das muss früher einmal der Palast eines Königs gewesen sein", dachte sich Otto, den die Schönheit des Gebäudes überwältigte. Er legte den Kopf in den Nacken und betrachtete die kunstvollen Malereien auf dem Gewölbe, das sich hoch über ihm erstreckte wie ein gigantisches Spinnennetz. Sie zeigten dicke, nackte Kinder mit goldenen Flügeln, die auf Harfen und Posaunen spielten, Menschen mit bunten, langen Gewändern und einen alten Mann mit wallendem weißem Bart, dessen Blick eine große Ruhe und Vertrautheit ausstrahlte.

Eine Treppe auf der gegenüberliegenden Seite des Saals führte auf ein erhöhtes Plateau, auf dem ein steinerner, quaderförmiger Tisch stand, der mit Kerzen geschmückt war. An einer Säule hing eine Statue einer jungen Frau, die eine Krone auf dem Kopf trug und ein kleines niedliches Baby im Arm hielt. In den Wandnischen waren noch mehr Statuen, die bärtige Männer mit langen goldschimmernden Kleidern und Schwertern und Tontafeln in den Händen abbildeten.

Entlang der Wände hingen Gemälde, die gewalttätige, furchteinflößende Szenen zeigten, in denen ein fast nackter Mann grausam gefoltert und gedemütigt wurde. Das brachte Otto wieder auf andere Gedanken.

„Stimmt es, was ihr vorhin gesagt habt?", fragte Otto und schluckte.

„Was denn?", kam es synchron aus den Helmsimultanübersetzern der beiden Chamurga.

„Na, dass ihr das Fleisch von uns Kreaturlingen esst."

„Ja, und ihr schmeckt sogar hervorragend", antwortete der kleinere. „Ich mag euch am liebsten saftig gegrillt als Burger mit viel Mayonnaise und geschmolzenem Käse."

„Und ich mag euch am liebsten am Spieß gebraten mit scharfen Paprikaschoten und einer Schale kalten Kreaturlingsbluts", sagte der andere und rollte wild mit seinen Augen. „Das heißt, wir mochten euch. Doch das hat sich geändert."

„Wieso das?", fragte Otto. Er fühlte sich wie eine Maus, die sich mit zwei Katzen unterhielt.

„Na, weil der übertriebene Verzehr eures Fleisches schlecht für unsere Gesundheit ist", sagte der kleinere. „Seit einiger Zeit breitet sich unter uns Eroberern eine seltsame Krankheit aus. Zuerst bilden sich komische weiße Pusteln auf der schuppigen Haut. Kurz darauf bekommen die Betroffenen Fieber und sterben."

„Ob das wirklich mit dem Fleisch der Kreaturlinge zusammenhängt, wissen wir noch nicht genau, aber es sieht sehr danach aus", erklärte der größere. „Mein ganzer Unterleib war schon voller Pusteln. Es hat ausgesehen, als ob ich bei lebendigem Leib verschimmeln würde. Also habe ich eine Diät gemacht und gerade noch die Kurve gekriegt." Der Chamurga wischte sich über den Bauch, als ob er sich lästigen Schmutz von der Haut wischen wollte.

„Angefangen hat alles mit zwei jungen Gastronomen namens Gonxha und Hampi. Die beiden haben durch Zufall entdeckt, wie köstlich euer Fleisch schmeckt, und eine große Fast-Food-Kette aufgemacht. Mittlerweile gehören ihnen über 5.000 Restaurants auf diesem Planeten, und es werden jeden Tag mehr. Gleichzeitig greift diese seltsame Krankheit – wir nennen sie die ‚Weißen Pocken' - immer weiter um sich, und aus diesem Grund haben wir die Vegmurga gegründet."

„Wer sind denn die Vegmurga?", fragte Otto.

„Zwei Mitglieder der ersten Stunde stehen vor dir, Kreaturling!", sagten die beiden stolz. „Wir bewahren unsere Spezies vor dem Untergang, indem wir unser Volk darüber aufklären, wie ungesund das Fleisch der Kreaturlinge ist."

Otto dachte an Doktor Balbuny und die weißen Pusteln auf seinem Körper. Jetzt wusste er, was sie zu bedeuten hatten. „Diese Lügner! Als sie uns nach Sumo Stadt gebracht haben, haben sie uns erzählt, sie würden uns zu professionellen Sumo-Kämpfern ausbilden. Wir sollten viel essen, um schnell unser Kampfgewicht zu erreichen und mit dem Training anfangen zu können."

Die beiden Chamurga gaben schrille Laute von sich und rollten dabei mit den Augen. „Hast du das gehört, Yappa? Sumo Stadt! Wie lustig ist das denn?"

„Einfach zum Brüllen, Zhob!", keuchte der andere, der ebenfalls einen Lachanfall bekam. Otto verstand nicht, was daran so witzig sein sollte.

„Auf der ganzen Welt gibt es schon hunderte Sumo Städte. Die Trainingszentren, in denen ihr angeblich zu Sumo-Kämpfern ausgebildet werdet, sind nichts anderes als Schlachthäuser", klärte ihn Zhob, der größere der beiden Außerirdischen, auf.

„Na, Kreaturling, hat es dir etwa die Sprache verschlagen?", fragte Yappa zynisch.

„Das ist sowas von grausam. Ich kann das einfach nicht glauben", flüsterte Otto.

„Wieso findest du das grausam? Ihr Kreaturlinge habt doch auch massenhaft Schweine, Kühe, Hühner und andere Tiere abgeschlachtet, um jeden Tag euer Schnitzel, Bratwürste und Schinken essen zu können. Wo ist der Unterschied?", konterte Yappa.

„Und die armen Viecher haben in ihren überfüllten Ställen auf Vollspaltenböden sicher kein so schönes Leben gefristet wie ihr in Sumo Stadt", fügte Zhob hinzu.

Otto wusste nicht, was er darauf erwidern sollte. Er konnte sich jedoch gut daran erinnern, dass in seinem Elternhaus fast jeden Tag Fleisch auf den Tisch gekommen war. Seine Mutter hatte ihm zum Frühstück meistens Spiegelei mit Speck gebraten und ihm eine Wurstsemmel für den Kindergarten eingepackt. Zu Mittag hatte er gerne Bratwürstchen gegessen und zum Abendessen Schinken-Käse-Toast.

„Das heißt also, ihr Vegmurga seid Vegetarier?", fragte er.

„Nun ja, nicht ganz", antworteten die beiden belustigt. „Wir müssen zugeben, dass wir nach wie vor gerne Fleisch essen, aber nur tierisches. Das schmeckt zwar nicht so gut wie das von euch Kreaturlingen, ist aber viel gesünder."

„Und was habt ihr jetzt mit mir vor?"

Die beiden Chamurga sahen sich gegenseitig an. „Das wissen wir noch nicht", sagte Zhob. „Eigentlich wollten wir euch nur entführen, um diesen Fast-Food-Produzenten eins auszuwischen. Wir haben uns noch gar keine Gedanken gemacht, wie es danach weitergeht."

„Wir könnten ihn an die Sojafelder verkaufen. Die Plantagenbesitzer suchen immer nach Personal", schlug Yappa vor.

„Spinnst du? So fett wie der ist, ist er doch keinen Pfifferling wert", antwortete Zhob, als wäre Otto gar nicht anwesend.

Die Chamurga musterten ihn mit einer Mischung aus Häme und Abneigung. Otto bekam ein flaues Gefühl im Magen. Für einen kurzen Moment hatte er sich in Sicherheit gewogen, doch nun wurde ihm klar, dass sich seine Situation in Wahrheit um keinen Deut verbessert hatte.

„Lasst mich doch gehen, wenn ich sowieso nichts wert bin", bat er.

„Das kannst du dir abschminken, Kreaturling. Wir haben schon so große Opfer auf uns genommen, und jetzt sollen wir dich einfach laufen lassen? Da wären wir aber schön blöd", sagte Yappa grimmig.

Die Chamurga drehten sich plötzlich um und blickten in verschiedene Richtungen. Es war, als suchten sie nach etwas.

„Hast du das auch gehört?", fragte Yappa.

„Ja!", antwortete Zhob. Die Flügel seiner großen Nase auf der Stirn zitterten. „Es riecht so komisch. Irgendwer schleicht draußen herum."

Die beiden Außerirdischen zückten ihre Plasmapistolen. „Ich gehe zum Hintereingang. Schau du vorne nach!", sagte Yappa. „Und du bleibst hier und rührst dich nicht, verstanden?"

Otto nickte. Eine Flucht schien ihm ohnehin unmöglich, denn das riesige Gebäude hatte nur zwei Ausgänge.

Die Außeririschen teilten sich auf und schlurften so leise wie möglich durch den Vorder- und Hintereingang ins Freie. Otto lauschte, konnte aber keine verdächtigen Geräusche vernehmen. Er zuckte zusammen, als plötzlich mehrere Gewehrsalven zu hören waren, auf die der dumpfe Knall der Plasmapistolen folgte.

Erschrocken drehte sich Otto im Kreis. Das konnte nur bedeuten, dass Gonxha und Hampi sie gefunden hatten und nun Rache an den Entführern nahmen! Von Panik ergriffen suchte er nach einem Versteck. In einer Ecke stand eine kleine Kabine aus Holz, deren Eingang mit einem roten Samtvorhang bedeckt war. Otto zwängte sich hinein und verhielt sich so ruhig wie möglich.

Durch einen kleinen Spalt spähte er in den Saal. Der Gefechtslärm endete so schnell wie er begonnen hatte. Darauf folgte minutenlange Stille, die Otto wie eine Ewigkeit vorkam. Seine Beine begannen zu zittern, und kalter Schweiß rann ihm über die Stirn.

Als er wieder durch den Spalt spähte, erblickte er einige Gestalten, die mit dem Sturmgewehr im Anschlag vorsichtig das Gebäude durchkämmten und untereinander mit Handzeichen kommunizierten. Vor Überraschung wäre Otto beinahe aus der Holzkabine gekippt. Es waren Menschen, keine Chamurga!

Den ersten Eindringlingen folgten weitere fünf Personen, die den großen Saal durch das große Portal und den Hintereingang betraten. Alle waren bis an die Zähne bewaffnet und trugen einfache, abgetragene Kleidung.

„Hier ist nichts!", rief ein Junge, der die Sitzreihen überprüfte.

„Hier auch nicht!", sagte ein anderer, der rund um den steinernen Tisch gegangen war.

„Seht oben bei der Orgel nach. Vielleicht halten sich da noch welche versteckt. Und vergesst den Beichtstuhl nicht!", befahl ein Mädchen, das ein rotes Stirnband trug.

Otto hatte die Worte Orgel und Beichtstuhl noch nie gehört. Deshalb blieb ihm fast das Herz stehen, als auf einmal ein Bursche in zerrissenen Jeans und dunkler Lederjacke den Vorhang öffnete und er in die schwarze Mündung einer Maschinenpistole blickte.

Otto quietschte vor Überraschung so laut, dass es vom Gewölbe widerhallte. „Hier ist einer!", rief der Eindringling. Erschrocken wich er einige Meter zurück. Innerhalb von Sekunden standen zehn bewaffnete Leute um Otto herum und zielten mit ihren Waffen auf ihn.

„Wer bist du?", rief das Mädchen mit dem roten Stirnband, die offenbar die Anführerin der Gruppe war.

„Ich ... bin ... Otto", stammelte er. Er war so nervös, dass ihm beinahe sein eigener Name nicht mehr einfiel.

„Von wo kommst du?"

„Aus der Stadt."

„Welche Stadt?"

„Die Chamurga nennen sie Bu..., Bu... Budelkan, stotterte Otto."

„Von wo kommst du genau?"

„Normalerweise wohne ich in der Baracke F4. Die letzten Wochen habe ich in Sumo Stadt verbracht."

Die Anführerin sah ihre Kameraden an, als redete sie mit einem Irren. „Bist du das Haustier dieser Biester oder was?"

„Sie meinen die Chamurga? Nein, sie haben mich aus Sumo Stadt befreit. Wir sind gerade noch mit dem Leben davongekommen. Dieses komische Gebäude hier ist ihr Versteck, haben sie gesagt."

„Das ist kein komisches Gebäude, du Hanswurst, sondern eine Kirche. Zeig ein bisschen mehr Respekt!", rügte ihn ein Mann mit grauem Haarkranz und Glatze. Er war mit Abstand der Älteste in der Gruppe und musterte Otto mit großer Abscheu.

„Eine Kirche? Ist das eine Art Palast?"

Zum ersten Mal lachten alle bis auf den Alten. Auf ein Handzeichen der Anführerin ließen sie ihre Waffen sinken. „Du wirst doch schon einmal von einer Kirche gehört haben? Hier haben die Dorfbewohner früher gebetet und gemeinsam gesungen", sagte sie auf einmal sehr sanft.

Otto dachte angestrengt nach. „Meint ihr diese kleine Sekte mit dem Kreuz, die immer von Haus zu Haus gegangen sind und die Leute um Geld angebettelt haben?"

„Genau die", antwortete das Mädchen.

„Wir sind doch keine kleine Sekte! Früher war die römisch-katholische Kirche einmal sehr mächtig. Am Sonntag sind die Menschen scharenweise zu uns gekommen", beschwerte sich der Alte.

„Lass gut sein, Karl. Das ist doch schon lange her." Die Anführerin wandte sich an Otto. „Karl war nämlich früher

Pfarrer hier im Dorf, wenn du weißt was das bedeutet. Jetzt ist er ein Partisan wie wir alle und macht Jagd auf Chamurga."

„Früher brachte ich den Segen Gottes mit Worten unter die Menschen. Seit Ende des Krieges benutze ich lieber das hier." Der Alte streichelte sein Sturmgewehr wie sein Schmusekätzchen.

„Krieg? Von welchem Krieg sprichst du? Von dem gegen die Chamurga?", fragte Otto verwirrt.

„Wieder einer, der von Geschichte keine Ahnung hat", raunzte Karl. „Vor zwanzig Jahren brach der Dritte Weltkrieg aus. Die Großmächte haben sich im Kampf um die letzten fossilen Bodenschätze auf diesem Planeten gegenseitig fast ausradiert. Als die Menschheit nach Jahren des Kampfes geschwächt und ausgelaugt war, nutzten die Chamurga die Chance, um uns zu überfallen und sich die Erde untertan zu machen."

Otto hatte keine Ahnung, von was der alte Mann sprach. Er gab sich auch keine Mühe, etwas zu verstehen. Was er an diesem Tag erlebt hatte, war einfach zu viel für ihn.

„Übrigens – ich bin Jasmin, die Chefin dieses kaputten Haufens hier", stellte sich das Mädchen mit dem roten Stirnband vor. „Wenn du willst, kannst du dich uns gerne anschließen."

„Nichts lieber als das!", antwortete Otto glücklich. Es kam ihm so vor, als hätte er den Namen Jasmin schon einmal gehört, aber er wusste nicht wo.

„Nicht so schnell!", bremste die Anführerin seine Euphorie. „Vorher habe ich noch ein paar Fragen an dich. Was suchst du hier, und warum bist du mit den Chamurga unterwegs? Und warum zum Teufel siehst du aus, als wärst du gerade vom Bett aufgestanden?"

Otto war müde und völlig erschöpft, nahm sich aber Zeit, um alles ausführlich von Anfang an zu erzählen. Er berichtete von seiner Kindheit und Jugend, seinen verschiedenen Jobs, die er für die Chamurga hatte verrichten müssen, der schlechten Behandlung, vom elenden Leben in den Baracken, von seiner Arbeit im Zoo, davon, dass er von den Chamurga verschleppt und gemästet und schlussendlich von anderen Außerirdischen befreit und an diesen Ort gebracht worden war.

Die Partisanen schauten ihn sprachlos an. Dass die Chamurga verrückte Wesen waren, wusste jeder von ihnen. Dass sie aber Menschenfleisch als Delikatesse ansahen, war etwas ganz Neues für sie und raubte ihnen die Fassung.

„Mann, da hast du aber einiges mitgemacht", sagte schließlich ein Mädchen, das auf einer Sitzbank saß und Otto mitleidsvoll ansah. Ihr Gewehr lag einsatzbereit auf ihrem Schoß.

„Haben sie dir auch gesagt, warum sie dich hierhergebracht haben?", fragte Jasmin skeptisch.

„Unter den Chamurga, die das Fleisch von Kreaturlingen essen…"

„Das heißt Menschen, Dickerchen!", verbesserte ihn ein spindeldürrer Junge mit Sommersprossen und roten Bartstoppeln am Kinn.

„Entschuldigt, ich meine natürlich, unter den Chamurga, die Menschenfleisch essen, hat sich eine tödliche Krankheit ausgebreitet. Sie nennen sie die ‚Weißen Pocken'. Die ersten Anzeichen dafür sind seltsame weiße Pusteln auf den

Schuppen. Wenn sie nicht aufhören damit, Menschenfleisch zu essen, bekommen sie Fieber und sterben. Die Vegmurga – so nennen sich die Chamurga, die mich befreit haben, wollten verhindern, dass sich die Weißen Pocken weiter ausbreiten und noch mehr Opfer unter ihresgleichen fordern."

Jasmin sah betroffen zu Boden. „Dass sie euch nicht aus Nächstenliebe gerettet haben, war wohl klar." Die Anführerin sicherte ihr Gewehr und hängte es sich über die Schulter. Ihr Gesicht nahm einen sehr ernsten und entschlossenen Ausdruck an. „Wir müssen diese widerlichen Bestien ein für alle Mal loswerden!"

Jasmin reichte Otto die Hand und half ihm aus dem Beichtstuhl. „Komm mit in unser Versteck. Ich glaube, dass du uns von großem Nutzen sein kannst", sagte sie. Nachdem die Vorratskammern der Vegmurga vollständig geplündert waren, brach die kleine Gruppe auf.

Im Partisanendorf

Sie hatten das Ende des Dorfes noch gar nicht erreicht, als Otto zum ersten Mal eine Pause einlegen musste. Er hatte so starkes Seitenstechen, dass er glaubte, jemand hätte ihm ein Messer zwischen die Rippen gestoßen. „Wie weit ist es denn noch?", fragte er nach Luft ringend.

Jasmin deutete mit der Hand Richtung Gipfel. „Da müssen wir rauf. Schaffst du das?"

„Wieso nehmen wir nicht einfach den Flug-Transporter? Die Plasmapistolen habt ihr ja auch mitgenommen."

„Kannst du die Dinger fliegen?", fragte ein schwarzhaariger Junge, dessen Haut kastanienbraun war. Er war in etwa gleich alt wie Otto, aber viel schlanker und in weit besserer Form.

„Ich könnte es versuchen. Ich habe oft zugesehen, wie die Chamurga sie in Betrieb genommen haben."

„Nein, lieber nicht. Der Transporter könnte angepeilt werden und unser Versteck verraten", warnte Jasmin.

Ottos Blick fiel auf eine Seilbahn, die vom Tal zur Bergspitze führte. „Und das da? Funktioniert das noch?"

„Die Seilbahn ist schon lange kaputt. Reiß dich zusammen, Fettsack! Den Weg nach oben wirst du doch wohl schaffen!", schimpfte der Dunkelhaarige.

„Sei still, Hakan!", rügte ihn Jasmin und wandte sich wieder an Otto. „Wenn du eine Pause benötigst, dann sag es einfach, okay?"

Otto nickte. Schwitzend und vor Anstrengung keuchend setzte er seinen Weg fort. Immer wieder musste er kurz stehenbleiben, um den kräftezehrenden Aufstieg zu bewältigen. Die Partisanen waren darüber alles andere als erfreut, weil er sie aufhielt und sie abseits der Wälder keine Deckung nehmen konnten. Dennoch warteten sie geduldig und sicherten die Umgebung solange, bis er weitergehen konnte.

Die Fitness der Partisanen war bewundernswert. Über die Jahre hatten sie sich perfekt an das Leben in den Bergen angepasst. Wie Gämsen erklommen sie scheinbar mühelos die steilen Forstwege, die serpentinenartig den Berg hinaufführten. Dazu schleppten sie ihre Waffen und haufenweise Proviant mit sich, den sie in der Kirche gefunden hatten.

Irgendwann endeten die Forstwege, und es ging weiter auf engen, mit losen Steinen und Wurzeln übersäten Pfaden, die steil den Hang hinaufführten. Für Otto begann nun das reinste Martyrium. Doch was konnte man nach jahrelanger Büroarbeit in einem Zoo und einem wochenlangen Aufenthalt in Sumo Stadt schon erwarten? Hinzu kam seine schlechte, nicht bergtaugliche Ausrüstung. Während die Partisanen Stiefel trugen, hatte er nur Badeschlapfen an, sodass er immer wieder Hilfe benötigte, um Hindernisse zu überwinden und nicht auszurutschen.

Irgendwann erreichten sie einen Wasserfall, wo die Gruppe ihre Trinkflaschen auffüllte und Otto seinen knallroten Kopf in eiskaltes Wasser tauchen konnte. „Warum ist euer Versteck nicht unten im Tal? Ihr könntet doch in den Häusern wohnen anstatt hier oben am Berg", fragte er und setzte sich auf einen Stein, den das Wasser über die Jahre glatt geschliffenen hatte.

„Das geht leider nicht. Die Chamurga führen hin und wieder Razzien durch, da sie wissen, dass sich hier noch freie Menschen - oder wie sie es bezeichnen ‚herrenlose Kreaturlinge' - verstecken. Im Tal wären wir ihnen schutzlos ausgeliefert. Unsere Gruppe ist zu klein, um uns gegen sie zu wehren", erklärte Jasmin.

Otto sah sich um. Die Natur war atemberaubend schön. Das Wasser stürzte in eine tiefe Schlucht hinab, in der abrutschendes Geröll hohe Tannen wie Streichhölzer umgeknickt hatte. „Von was lebt ihr hier eigentlich? Hier gibt es nichts als Steine und Bäume. Ihr könnt keine Früchte anbauen, und im Winter ist es doch sicher saukalt."

„Die Winter sind nicht mehr so schlimm wie früher. Die Gletscher rundherum sind längst abgeschmolzen. Die milden Temperaturen haben den Vorteil, dass wir fast das ganze Jahr über Viehwirtschaft auf den Almen betreiben können. Wir haben Kühe und Ziegen, die uns Milch, Käse und Fleisch liefern. Und hin und wieder wagen wir uns hinab ins Flachland und überfallen einen Lebensmitteltransporter, der von den Plantagen Richtung Stadt fährt", sagte Jasmin.

Ihr Gesicht nahm einen nachdenklichen, traurigen Ausdruck an. „Aber du hast Recht. Wir führen hier ein tristes, hartes Leben voller Entbehrungen. Viele von uns sind schon im Kampf umgekommen. Voriges Jahr hat es einen sehr guten Kameraden von uns erwischt, als wir einen Getreidetransporter angehalten haben. Wir ahnten nicht, dass die Fracht im Laderaum mit einer Sprengfalle gesichert war. Die Explosion hat ihm den Kopf weggeblasen."

Otto seufzte. Die Chamurga hatten also nicht nur großes Leid über die versklavte Mehrheit der Menschheit gebracht, sondern auch über die wenigen, die noch in Freiheit lebten.

Am liebsten hätte er Jasmin in den Arm genommen und getröstet.

Doch hatte nicht auch er schon genug gelitten? Die Chamurga hatten ihn seinen Eltern und seiner kleinen Schwester entrissen, und er hatte sie seitdem nie wieder gesehen. Oft genug hatte er mitansehen müssen, wie abtrünnige oder nicht mehr arbeitsfähige Kreaturlinge vor seinen Augen ausgepeitscht und ermordet wurden. Otto fühlte ein starkes Band der Verbundenheit zwischen sich und diesen Wilden, die wie Urzeitmenschen in den Bergen ihr karges Dasein fristeten, aber nach wie vor dem Feind unbeugsam Widerstand leisteten.

Jasmin reichte Otto ihre Trinkflasche, die er in einem Zug leerte. Dann setzten sie ihren mühsamen Aufstieg fort. Nach einer weiteren Stunde erreichten sie eine Weggabelung und überquerten eine Alm, auf der mehrere Blockhütten standen. Kühe mit kleinen Kälbern rupften das spärliche Gras vom Boden ohne sich von den Neuankömmlingen aus der Ruhe bringen zu lassen.

„Wir sind fast da", sagte Jasmin, und Otto empfand zum ersten Mal an diesem verrückten Tag so etwas wie Freude. Endlich ging es nicht mehr bergauf, sondern gerade aus und dann sogar ein Stück bergab. Der Weg führte in einen Wald mit hohen Tannen und Föhren, wo sie nach einer Weile wieder auf mehrere Hütten stießen. Sie waren nah aneinander an einem kleinen Bach erbaut worden, durch den kristallklares Wasser floss.

Die Partisanengruppe löste sich auf. Die Mitglieder verabschiedeten sich voneinander und zogen sich in ihre Hütten zurück. „Komm mit zu mir. Ich mache uns etwas zu essen, und dann kannst du dich ausruhen", sagte Jasmin. Das war das Schönste, was Otto seit einer Ewigkeit gehört hatte. Er hatte großen Hunger und wünschte sich nichts sehnlicher, als endlich in ein weiches Bett zu schlüpfen.

Jasmins Hütte war wie die anderen sehr schlicht und auch innen äußerst spartanisch eingerichtet. Es roch nach vermodertem Holz und Stroh. Durch zwei kleine Glasfenster schien gerade genug Licht, damit man sich den Kopf nicht an der Decke stieß. Der Boden bestand aus zusammengenagelten Holzbrettern. Die einzigen Einrichtungsgegenstände waren ein kleiner Tisch, zwei mit Stroh gefüllte Matratzen und einige Plastikstühle. Vom mit Schindeln bedeckten Dach hing eine nackte Glühbirne, deren Kabel an einem Dachbalken verlief.

„Das zweite Bett hat meinem verstorbenen Freund gehört. Du kannst es gerne benützen. Es ist frei", sagte Jasmin und legte einige Scheite Holz in den Kamin. Mit einem Benzinfeuerzeug zündete sie etwas Papier an, und bald loderte darin ein warmes Feuer.

Otto ließ sich auf eine Matratze fallen, die angenehm weich war. Jasmin öffnete eine Dose aus dem gestohlenen Vorrat der Chamurga mit einem Taschenmesser und leerte den Inhalt in einen mit Quellwasser gefüllten Kochtopf.

„Magst du Rindfleisch mit Bohnen?", fragte sie.

„Natürlich. Nichts lieber als das", antwortete Otto. Wie zur Bestätigung knurrte sein Magen, und die beiden mussten lachen.

Zum ersten Mal seit seiner Kindheit fühlte sich Otto wirklich sicher. Die wohlige Wärme und der Duft des Essens führten dazu, dass ihn die Müdigkeit übermannte.

Kaum hatte er sich auf die Seite gelegt schlief er tief und fest ein.

Als er erwachte, war er allein in der kleinen Hütte. Neben seinem Bett lag ein Stapel Kleider, die die Partisanen für ihn gesammelt hatten. Darunter waren Jeans, T-Shirts, Jacken, Hemden, Unterwäsche, Pullover, Socken, Stiefel und sogar ein Paar Turnschuhe, das aussah wie neu.

Mittlerweile war der Tag angebrochen, und die Sonne stand hoch am Himmel. Otto fror zwar nicht mehr, doch er probierte die Kleider gleich einmal an, um zu sehen, ob sie ihm auch passten. Von den drei Jeans waren zwei viel zu eng. Eine passte einigermaßen, wenn er den Hosenknopf offenließ. Auch die T-Shirts, Hemden und Pullover waren ihm zu klein, doch Otto zwängte sich hinein, ohne sich um aufplatzende Nähte zu kümmern. Die Socken und Turnschuhe passten zum Glück wie angegossen.

In der Hütte duftete es wunderbar nach gekochtem Rindfleisch, und ihm fiel wieder ein, wie hungrig er war. Langsam, als könnte das gute Essen die Flucht ergreifen, schlich er zum Kamin. Die Holzscheite glosten vor sich hin und hielten den Dosenproviant am Köcheln.

Otto nahm den Kochtopf von der Feuerstelle und ging damit zum Tisch, wo ein Keramikteller, Besteck, ein Stück weißer Käse, ein Laib Brot und ein mit Quellwasser gefüllter Krug für ihn bereitstanden. Das Essen schmeckte hervorragend. Das Brot war überraschend frisch und geschmeidig und sogar noch etwas warm. Auch der Käse schmeckte sehr gut und war weit besser als der, den er im Zoo bekommen hatte.

„Schmeckt dir das Essen? Es macht zwar keinem Hauben-Restaurant Konkurrenz, aber ich hoffe es ist okay für dich", sagte Jasmin, die in diesem Moment die Hütte betrat. Über ihrer Schulter baumelte ein totes Murmeltier, das sie an einen Haken an der Wand hing. Dickes rotes Blut tropfte auf die Holzbretter herab. „Hier drin stürzen sich nicht gleich die Fliegen drauf", erklärte sie. „Wir sind froh, wenn wir den Chamurga hin und wieder etwas abnehmen können. Das erleichtert das Überleben in dieser Wildnis."

Jasmin musterte ihren neu eingekleideten Gast. „Passen dir die Kleider? Wir haben alles zusammengesucht, was wir auftreiben konnten. Leider gibt es hier niemanden in deiner Größe. Wir können dir aber größere Kleidung nähen, wenn du willst."

Otto schluckte einen großen Brocken Rindfleisch hinunter. „Die Kleider sind etwas eng, aber ich muss ohnehin abspecken. Vielen Dank für eure Hilfe!"

Jasmin riss sich ein Stück Brot herunter und kaute darauf herum. „Das Brot und den Ziegenkäse habe ich selbst gemacht. Schmeckt es dir?"

„Es ist köstlich. Das ist das beste Brot und der beste Käse, den ich je gegessen habe", sagte Otto und schmatzte laut.

„Du hast also zehn Jahre mit diesen Bestien gelebt?", wechselte Jasmin das Thema. „Wie hast du das so lange ausgehalten?"

Otto sah von seinem Teller auf. „Nur wenn man alles macht, was die Chamurga von einem verlangen, schafft man es, zu überleben. Wenn man seine Arbeit gut erledigt, bekommt man auch genug zu essen."

„Dafür lebt man in Unfreiheit und Versklavung. Bei uns bist du frei, dafür musst du zusehen, wie du den Tag überstehst. War dir dein altes Leben nicht lieber?"

Otto schüttelte den Kopf. Er überriss sofort, dass Jasmin ihn testen wollte. „Lieber bin ich frei und muss jeden Tag ums Überleben kämpfen, als zu den Chamurga zurückzukehren. Ich bleibe gerne bei euch und werde mich in eure Gemeinschaft einbringen, wenn ihr es mir erlaubt."

Jasmin nickte zufrieden. „Wenn du fertig gegessen hast, zeige ich dir unser Dorf. Darauf beginnt die Nachbesprechung zum heutigen Einsatz. Du bist natürlich herzlich dazu eingeladen." Jasmin stand auf, nahm das tote Murmeltier vom Haken und ging nach draußen, um ihm das Fell abzuziehen und es auszunehmen.

Die Partisanen lebten in einer kleinen Gemeinschaft von etwa einhundert Personen. Zum ersten Mal seit vielen Jahren bekam Otto wieder echtes Familienleben zu sehen, was in den Baracken unmöglich gewesen war. Kinder bauten mit großen Steinen einen Staudamm im Bach, ältere Menschen saßen vor der Hütte auf einer Bank und unterhielten sich. Die, die noch rüstig genug waren, halfen bei der täglichen Arbeit wie beim Holzhacken oder fütterten ihre kleinen Enkel.

Otto konnte bei diesem Anblick die Tränen nicht mehr zurückhalten. „Ist alles in Ordnung?", fragte Jasmin und streichelte über seinen Rücken.

„Alles was ich hier sehe, erinnert mich so sehr an früher an meine eigene Familie. An meine Eltern und an meine kleine Schwester. Es ist alles so lange her. Mir kommt es vor wie eine Ewigkeit", schluchzte Otto.

„Jeder von uns hat im Kampf gegen die Chamurga geliebte Menschen verloren. Auch ich habe meine Eltern und meinen Bruder nie wieder gesehen. Aber trauere nicht mehr, sondern freue dich, dass wir uns gefunden haben. Du hast jetzt eine neue Familie, nämlich uns."

Jasmin berichtete Otto, wie sie vor Jahren aus einem Transporter, der sie von einem Kinderlager in eine Fabrik für Futtermittel hätte bringen sollen, geflohen war. „Ich würde wahrscheinlich heute noch Kübel auf Paletten schlichten oder Konzentrate in Säcke abfüllen, wenn es mir und einigen anderen nicht gelungen wäre, die Wachen zu überlisten. Mit etwas Glück konnten wir uns hierher durchschlagen, wo wir ein paar Überlebende getroffen haben, denen wir uns anschließen durften. Komm mit, ich führe dich ein bisschen herum!"

Jasmin zeigte Otto, wo die Latrinen waren, an welcher Stelle des Bachs er sich und seine Kleider waschen konnte und wo sich der Stromgenerator und das Benzindepot befanden. Dann führte sie ihn um das Dorf herum und präsentierte ihm die Sicherheitsvorkehrungen, die das Dorf im Falle eines Überfalls der Chamurga getroffen hatte.

„Siehst du diesen Hochstand? Von dort aus können wir die ganze Alm überblicken und das Feuer auf Eindringlinge eröffnen. Hallo Aaron! Ist alles in Ordnung?" Ein Wachposten, der sich das Gesicht mit Tarnfarbe angemalt hatte, winkte der Anführerin zu und streckte den Daumen nach oben.

„Wir haben überall in den Wäldern an strategisch wichtigen Positionen wie Wegkreuzungen oder Lichtungen solche Hochstände gebaut. Momentan sind alle bemannt, weil wir heute unten im Dorf einen ordentlichen Radau geschlagen und die Chamurga möglicherweise auf uns aufmerksam gemacht haben. Sollte der Feind es trotzdem wagen, hier hoch zu kommen, wird er sein blaues Wunder erleben."

„Seid ihr schon einmal angegriffen worden?", fragte Otto.

„Nein, zum Glück noch nie. Einmal haben uns die Chamurga nach einem Überfall auf einen Transporter verfolgt. Wir haben sie in einer Schlucht in einen Hinterhalt gelockt und der Reihe nach aufgerieben. Seit dem trauen sie sich nicht mehr hier hoch."

Otto bewunderte, mit welcher Kühnheit und Entschlossenheit Jasmin auftrat. Die zierliche Teenagerin sprach wie eine Feldherrin, die jederzeit bereit war, ihre Truppen in die Schlacht zu führen. In ihrer Gegenwart fühlte er sich sicher wie in Abrahams Schoß.

Jasmin zeigte ihm die Krankenstation, in der es stark nach Desinfektionsmitteln roch und in der die Partisanen ihre Wehwehchen kurierten. Zum Abschluss führte sie ihn zu einer kleinen Hütte am Rande des Dorfs, deren Tür verriegelt und zusätzlich mit einem Schloss gesichert war. Jasmin griff sich an ihre Halskette, an der ein kleiner Schlüssel hing. „Nur ich und zwei meiner Stellvertreter können hier rein", erklärte sie.

Jasmin öffnete die Tür, und die beiden traten ein. Otto staunte, als er das riesige Waffendepot erblickte, das sich vor ihm auftat. An der gegenüberliegenden Wand hing eine Unmenge an Sturmgewehren. In einer Ecke stand ein Stapel Holzkisten, die randvoll mit scharfer Munition waren. Auf

Tischen und Regalen lagen sauber geordnet Pistolen verschiedener Bauart, Handgranaten, Elektroschockgeräte, Springmesser, Pumpguns, zwei Maschinengewehre, Schlagstöcke, Macheten, Armbrüste, Totschläger und sogar ein Schwert. Auch die zwei Plasmapistolen, die die Partisanen am Morgen den Vegmurga abgenommen hatten, gehörten nun zum Arsenal.

„Wow! Habt ihr vor, in den Krieg zu ziehen?", fragte er.

„Wir befinden uns doch längst im Krieg", verbesserte ihn Jasmin. „Die meisten Waffen hier haben wir aus alten Kasernen und verlassenen Polizeistationen gestohlen oder getöteten Chamurga abgenommen. Manche haben wir auch gekauft."

„Gekauft? Von den Chamurga?"

„Doch nicht von denen!" Jasmin konnte sich ein Lachen nicht verkneifen. „Früher war es noch möglich, mit anderen Widerstandsgruppen Kontakt aufzunehmen, doch die Chamurga überwachen mittlerweile die gesamte Telekommunikations- und Internetinfrastruktur. Jetzt sind wir leider von den anderen Freiheitskämpfern abgeschnitten."

„Das heißt also, dass es woanders noch mehr Menschen gibt, die in Freiheit leben?", fragte Otto erstaunt.

„Es gibt nach wie vor viele freie Menschen an vielen Orten auf der ganzen Welt. Das Problem ist nur, dass wir nicht mehr mit ihnen kommunizieren können. Daher fehlt es auch an einem gemeinsamen Plan und an einer gemeinsamen Führung, um den Chamurga gefährlich werden zu können."

Jasmin ließ den Kopf hängen. Otto hingegen freute sich über diese Nachricht. Es bestand also doch noch Hoffnung für die Menschheit. „Zahlenmäßig sind wir Menschen den Chamurga aber eindeutig überlegen, nicht wahr?", fragte er Jasmin.

„Ich schätze, dass das Verhältnis weltweit 1:50 für uns ist. Das Problem ist nur, dass sie die besseren Waffen haben und wir ihrer überlegenen Technologie nichts entgegensetzen können."

In Otto keimte plötzlich eine Idee. Sie kam ihm zwar selbst sehr waghalsig vor, doch was es schadete es schon, wenn er sie Jasmin mitteilte? „Es gibt vielleicht eine Möglichkeit, um die Chamurga auch ohne militärischen Kampf zu besiegen", frohlockte er.

Jasmin sah ihn erstaunt an, fragte aber nicht nach näheren Details. „Wir haben jetzt unsere Nachbesprechung. Ich bin echt gespannt, was du uns zu sagen hast."

Alte Erinnerungen

Die Einsatz-Nachbesprechung fand auf einer kleinen Lichtung in der Mitte des Dorfes statt. Die Partisanen saßen oder standen rund um ein Lagerfeuer und unterhielten sich. In einem Kochtopf brodelte eine heiße Suppe. Alle sahen auf, als sich Jasmin und Otto näherten.

„Willst du auch etwas essen?", fragte Jasmin.

Otto hatte nach dem kurzen Rundgang tatsächlich wieder etwas Hunger. „Sehr gerne", antwortete er erfreut.

Jasmin reichte ihm ein Blechgeschirr und einen Löffel. „Nimm dir so viel du willst. Heute haben wir den Chamurga genug Proviant abgenommen."

„Das stammt auch von den Chamurga? Was ist das?", fragte Otto vorsichtig.

„Gulaschsuppe mit Kartoffeln und Zwiebeln", antwortete Jasmin überrascht. Dann dämmerte ihr, warum Otto so aufgebracht war. „Keine Angst, das ist nur Schweinefleisch."

„Ach so, und ich dachte schon… Ach egal!" Otto füllte seinen Becher so gierig an, dass der köstlich duftende Inhalt überschwappte und den Waldboden bekleckerte.

Jasmin schöpfte ebenfalls etwas Gulasch aus dem dampfenden Kochtopf und setzte sich auf einen moosbedeckten Baumstumpf. Otto ließ sich auf einer Bank aus zusammengenagelten Holzbrettern nieder. Die Bretter waren schon stark verwittert und ächzten laut, als würden sie jeden Moment durchbrechen.

Während des Essens wechselten die Partisanen kein einziges Wort miteinander. Einige von ihnen - besonders diejenigen, die ihn noch nicht kennengelernt hatten - starrten Otto unentwegt an. Auch die Dorfbewohner beobachteten den Neuankömmling voller Interesse, teilweise aber auch mit Skepsis. Otto wunderte das nicht. Er war wahrscheinlich seit Jahren der erste Mensch von außerhalb, den sie zu Gesicht bekamen. Darum hielt er es für am besten, so zu tun, als würden ihm ihre neugierigen Blicke nicht auffallen.

Jasmin löffelte ihren Teller aus und stellte ihn neben sich auf den weichen Waldboden. Sie rülpste kurz und setzte dann zu einer Rede an.

„Kameraden!", sagte sie voller Inbrunst. „Heute haben wir es diesen Fieslingen wieder gezeigt. Wir haben zum richtigen Zeitpunkt zugeschlagen und die Unterzahl des Feindes perfekt ausgenutzt. Der Angriff war bilderbuchmäßig durchgeführt, und auch die Fluchtwege waren vorbildlich gesichert. Den Proviant, den sie in der Kirche gehortet haben, können wir gut gebrauchen."

Die Partisanen applaudierten und lachten fröhlich.

„Ich freue mich, euch einen Neuzugang vorstellen zu dürfen. Er heißt Otto und stammt aus Linz. Bis heute Morgen war er ein Sklave der Chamurga und musste für sie in einem Zoo arbeiten, doch zum Glück ist ihm die Flucht gelungen."

Jasmin gab Otto ein Zeichen, aufzustehen. Otto errötete, denn er hasste es, im Mittelpunkt zu stehen.

„Otto hat uns Abscheuliches von den Chamurga zu berichten. Aber am besten ist, er erzählt es euch selbst."

Abermals waren alle Augen auf den Neuankömmling gerichtet. Otto fühlte sich, als habe er einen Kloß im Hals.

Er musste sich mehrmals räuspern, bis er endlich mit seinem Bericht beginnen konnte. „Ich bin gestern Nacht von abtrünnigen Chamurga aus einer Siedlung entführt worden, die Sumo Stadt heißt", sagte er. „Dorthin werden nur fettleibige, übergewichtige Kreaturlinge gebracht, damit sie zu Sumoringern ausgebildet werden."

„Das heißt Menschen, nicht Kreaturlinge!", schimpfte eine junge Partisanin. „Und was zum Teufel sind Sumoringer?" Sie sah ihre Kameraden fragend an, doch keiner wusste darauf eine Antwort.

„Sumo ist ein alter fernöstlicher Kampfsport, der auf einer Insel namens Japan sehr beliebt war und nur von sehr dicken Kreatur…, ich meine Menschen, ausgeübt wurde. Bei unserer Ankunft in Sumo Stadt wurde uns mitgeteilt, dass wir an Gewicht zulegen müssen, um so schnell wie möglich mit dem Training beginnen zu können. In Wahrheit aber …"

Ottos Stimme stockte, denn er musste plötzlich an Herbert denken. Er stellte sich vor, wie sein saftiges Fleisch mit Bratensauce und Kartoffelsalat auf einem großen Silberteller serviert und von einer Chamurga-Familie genüsslich beim Abendessen verspeist wurde.

Otto kämpfte mit den Tränen, fasste sich aber schnell wieder. „Die Wahrheit ist, dass die Bewohner von Sumo Stadt nicht zur Unterhaltung der Chamurga so gut ernährt werden, sondern weil sie in Schlachthäuser gebracht und dort zu Fleischwaren verarbeitet werden."

Ein Raunen der Entrüstung ging durch die Versammlung, besonders bei denen, die von diesen grausamen Nachrichten noch nicht gehört hatten. Die Vorstellung, dass der

Mensch nicht mehr an der Spitze der Nahrungskette stand, war für die Dorfbewohner einfach unvorstellbar. Manche Partisanen schüttelten den Kopf und sahen bedrückt zu Boden. Einige steckten die Köpfe zusammen und tuschelten aufgeregt miteinander. Ein kleines Kind, das nur wenige Meter entfernt im Bach gespielt und alles mitangehört hatte, begann zu weinen und musste von ihrer Mutter getröstet werden.

„Die Chamurga betrachten Menschenfleisch als eine Delikatesse. Es gibt sogar Restaurants, die sich auf Gerichte mit Menschenfleisch spezialisiert haben", berichtete Otto weiter.

Jasmin sprang erschüttert auf. „Bei dieser Schweinerei dürfen wir nicht untätig zusehen!"

„Das ist ein schweres Verbrechen, ein Frevel an der Krone der Schöpfung. Aber was sollen wir dagegen tun? Wir sind zu schwach, um uns mit den Chamurga anzulegen", sagte Karl, der ehemalige Dorfpfarrer, ernüchtert.

Hakan, der dunkelhäutige Bursche mit den schwarzen Haaren, musterte Otto skeptisch. „Du hast gesagt, dass dich andere Chamurga befreit haben. Warum sollten sie das tun, wenn sie uns fressen wollen?"

„Die Entführer – sie nennen sich Vegmurga - haben es getan, weil sich unter den Chamurga eine seltsame Krankheit ausbreitet, die tödlich für sie ist. Sie befällt offenbar nur diejenigen, die regelmäßig Menschenfleisch essen."

„Eine Krankheit?", fragte Karl verblüfft.

Otto nickte. „Ich habe es selbst gesehen. Besonders am Unterbauch und an den Beinen breiten sich komische weiße Pusteln aus. Es sieht fast so aus wie Schimmel. Die

Chamurga wissen nicht, wie die Krankheit geheilt werden kann. Die Vegmurga behaupten, dass sie durch den Verzehr des Fleisches der Kreaturlinge verursacht wird."

„Das heißt Menschen, nicht Kreaturlinge", schimpfte die junge Partisanin abermals.

„Ist schon in Ordnung, Elvira. Er meint es doch nicht so", beruhigte sie Jasmin. „Otto, du hast gemeint, dass du einen Plan hast, wie wir die Chamurga besiegen können. Wie sieht der aus?"

Otto wusste nicht, ob er seinen neuen Gefährten von seinem Plan erzählen sollte. Sie war wahnwitzig und würde nicht nur den Chamurga, sondern auch vielen Menschen das Leben kosten.

„Ich weiß nicht, ob es tatsächlich so eine gute Idee ist. Vielleicht sollte ich das noch einmal überdenken", stammelte Otto.

„Was ist jetzt? Erzähl uns doch, was du vorhast. Schlimmer, als von diesen Bestien gefressen zu werden, kann es schon nicht sein", drängte Hakan.

Otto atmete tief durch. „Wir wissen, dass wir mit Waffengewalt nichts gegen die Chamurga ausrichten können. Wir wissen aber, dass sie eine große Vorliebe für das Fleisch von Kreatur… - ich meine Menschen - haben. Genau das ist auch ihre große Schwäche, die wir ausnützen sollten."

Otto blickte sich um. Alle Partisanen und Dorfbewohner hingen förmlich an seinen Lippen. „Als ich im Zoo gearbeitet habe, war ich auch für die Öffentlichkeitsarbeit zuständig. Zu meinen Aufgaben gehörte es, kurze Videos zu drehen und sie auf FlipFlop hochzuladen. Das ist ein soziales Netzwerk, das bei den Chamurga sehr beliebt ist. Besonders die Videos mit Kreaturl… - ich meine mit Menschen - werden besonders oft angeklickt. Das ist so wie bei uns früher mit den Katzenvideos, wie mir einmal gesagt wurde. Flip-Flop ist auch kinderleicht zu bedienen."

„Und was hat das mit uns zu tun?", fragte Karl.

„Mein Plan ist, dass wir kurze Werbevideos für Gerichte mit Menschenfleisch drehen und sie auf FlipFlop hochladen. In den Videos stellen wir verschiedene Rezepte vor und erklären, wie gesund und schmackhaft Menschenfleisch ist."

Die Partisanen sahen sich an und begannen aufgeregt durcheinander zu reden. „Ruhe!", rief Jasmin. „Jeder in der Runde hat das Recht, seine Meinung zu sagen, aber wenn jeder gleichzeitig spricht, kann keiner den anderen verstehen. Was sagt ihr zu diesem Plan?"

Ein Junge mit blassem Gesicht und schulterlangem brünettem Haar hob die Hand.

„Ja, Leon?", sagte Jasmin.

„Mein Vater war vor dem Überfall der Chamurga Social Media Manager bei einer Werbeagentur. Sein Equipment liegt in meiner Hütte. Ich kenne mich also gut mit Videokameras und Computern aus. Das Problem ist nur, dass wir hier oben keinen Zugang zum Internet haben."

„Einen Zugang gibt es über den Computer in meinem Büro im Zoo", fiel Otto ein.

„Und wie sollen wir dort hinkommen?", fragte Leon.

„Na, mit dem Transporter. Im Schutz der Nacht könnten wir in das Bürogebäude eindringen. Die Tür öffnet sich per Fingerscan. Wie ich meinen Chef kenne, hat er sicherlich vergessen, meine Zugangserlaubnis zu löschen."

„Jetzt mal langsam der Reihe nach: Dein Plan ist, dass die Chamurga durch die Videos dazu animiert werden, noch mehr Menschenfleisch zu essen, damit sich diese seltsame Krankheit weiter ausbreitet und sie irgendwann alle daran zugrunde gehen?", fragte Elvira.

„Ja, genauso ist es!", antwortete Otto. „Ich habe lange genug mit ihnen zusammengelebt, um zu wissen, dass sie einerseits hochentwickelte Wesen sind, die über eine geniale Technologie und hohe wissenschaftliche Kenntnisse verfügen. Aber andererseits sind sie auch genusssüchtig, träge und faul und lassen sich von den niedrigsten Instinkten leiten."

„Halt, halt, halt!", unterbrach ihn Karl. „Du vergisst wohl völlig die vielen Kreatur… - ich meine Menschen. Willst du etwa, dass noch mehr Unschuldige geschlachtet werden? Haben die Chamurga nicht schon genug Unheil angerichtet?"

„Ihr könnt euch hier droben nicht ewig verstecken. Es ist ohnehin nur eine Frage der Zeit, wann ihr aufgespürt werdet und auf den Tellern der Chamurga landet", antwortete Otto kühl.

„Ich finde Ottos Idee hat etwas, so schräg und makaber sie auch ist", pflichtete ihm Leon bei. „Es werden viele Unschuldige sterben, aber wenn es hilft, die Chamurga loszuwerden, bin ich dabei."

„Wie könnt ihr so denken? Was ist mit denjenigen von euch, die noch Freunde und Verwandte in den Fängen der Chamurga haben? Wollt ihr riskieren, dass sie wegen uns aufgefressen werden?" Karls Stimme zitterte vor Aufregung.

Auch Hakan hatte seine Zweifel. „Der Plan ist tatsächlich etwas grausam, findet ihr nicht? Vielleicht sollten wir uns besser etwas anderes überlegen", sagte er.

Jasmin stand auf und verschränkte die Arme vor der Brust. „Habt ihr eine bessere Idee? Dann lasst es mich hören!" In diesem Moment war sie wieder die Feldherrin, die bereit war, an der Spitze ihres Heeres in die Schlacht zu ziehen.

Keiner der Partisanen sagte ein Wort. Karl brach als erster das Schweigen. „Du weißt, dass ich jeden Plan unterstütze, der uns hilft, diese unwürdige, verabscheuungswürdige Spezies loszuwerden. Was wir unternehmen darf aber nicht auf Kosten von Menschenleben gehen. Deswegen lehne ich Ottos Vorschlag vehement ab."

Jasmin nickte. „Gut, dann stimmen wir ab. Wer dagegen ist, dass wir Ottos Plan in die Tat umsetzen, soll jetzt die Hand heben."

Karls Hand schnellte nach oben, als hätte sie ein Marionettenspieler an einem unsichtbaren Seil in die Höhe gezogen. Auch andere hoben ihre Hand, doch es waren weniger als Otto erwartet hatte. „Sechs Gegenstimmen", zählte Jasmin. „Und wer ist dafür?"

Jasmin zeigte auf. Zögerlich gingen immer mehr Hände in die Höhe. „Gut, das sind zehn Stimmen. Das bedeutet also, dass wir uns Gedanken machen werden, wie wir Ottos Plan in die Tat umsetzen können." Sie blickte Otto siegessicher an, und für einen kurzen Moment huschte ein Lächeln über ihr Gesicht.

„Der Plan ist sehr riskant, Jasmin. Wahrscheinlich werdet ihr von einer Chamurga-Patrouille aufgerieben, bevor ihr überhaupt die Stadt erreicht", sagte Karl zerknirscht.

„Ich habe es satt, mich hier wie die Murmeltiere zu verkriechen", erwiderte Jasmin wenig beeindruckt. „Otto hat Recht. Es ist nur eine Frage der Zeit, bis uns die Chamurga ausfindig machen und vernichten. Ich will nicht so lange warten. Wir müssen uns dem Feind entgegenstellen, bevor es zu spät ist."

„Ich rate dir, dir diese Entscheidung noch einmal gut zu überlegen. Noch ist kein Unheil geschehen."

„Mach dir keine Sorgen, Karl. Wir werden schon nichts überstürzen."

Karl hob sein Blechgeschirr vom Boden auf und kehrte der Runde ohne ein weiteres Wort den Rücken zu. Er verschwand nachdenklich in seiner Hütte, die er für den Rest des Tages nicht mehr verließ.

„Karl scheint nicht gerade überzeugt zu sein", sagte Leon und blickte seinem ältesten Kameraden hinterher.

Nach der Besprechung ging der Großteil der Partisanen zurück in ihre Hütten. Nur die Anführerin, Otto und ein paar Kameraden blieben. „Sag einmal Jasmin, du hast vorhin erwähnt, dass ich aus einer Stadt namens Linz komme. Woher weißt du das? Ich habe das dir gegenüber doch gar nie erwähnt", fragte Otto.

Jasmin setzte sich wieder auf ihren Baumstumpf. „Die Stadt, die die Chamurga Budelkan nennen, hieß früher einmal Linz an der Donau und hatte 500.000 Einwohner. Meine Familie hat dort gewohnt. Beim Überfall der Chamurga war ich noch sehr klein. Ich kann mich aber noch ein bisschen an meine Eltern und an meinen Bruder erinnern. Er war etwas älter als ich und hat oft dumme Streiche gespielt. Einmal hat er die ganze Wand mit Wachsmalkreiden beschmiert und dafür Fernsehverbot bekommen."

In Ottos Gehirn blitzte eine uralte Erinnerung auf. Schon seit er Jasmin zum ersten Mal gesehen hatte, war sie ihm seltsam vertraut vorgekommen. Er musste seinen Verdacht jetzt ein für alle Mal loswerden, auch wenn er sich vielleicht lächerlich machte. „Weißt du noch, wie dein Bruder geheißen hat?", fragte er.

Jasmin sah ihn etwas überrascht an. „Das weiß ich nicht mehr. Warum fragst du?"

„Wie hießen deine Eltern?"

„Mein Vater hieß glaub ich Robert, und meine Mutter Sophie oder so ähnlich. Ach, es ist eine Schande, ich habe sogar meinen eigenen Nachnamen vergessen."

Otto fühlte eine Woge des Glücks in sich aufsteigen. Vielleicht handelte es sich aber auch nur um einen fantastischen Zufall. Er musste Jasmin noch einem letzten Test unterziehen. „Du hast mit deinem Bruder gerne Tier-Memory gespielt, nicht wahr? Wenn ich mich richtig erinnere, hast du so gut wie immer gewonnen. Und ihr hattet im Garten eine rote Schaukel, auf der er dich einmal so stark angeschubst hat, dass du herausgefallen bist und dich am Knie verletzt hast."

Jasmin sah ihn mit großen Augen an. „Woher weißt du das?" Sie griff sich an ihr linkes Knie, wo durch ein Loch in der Hose tatsächlich eine kleine Narbe zu erkennen war. „Die habe ich von dem Sturz. Bedeutet das etwa …? Nein, das kann einfach nicht wahr sein." Sie ließ Otto und ihre

Kameraden einfach stehen und rannte in ihre Hütte. Kurz darauf kam sie mit einem kleinen Foto in der Hand zurück und hielt es Otto unter die Nase. „Das ist alles, was ich von meiner Familie noch habe. Schau es dir genau an!"

Das Foto zeigte einen dunkelhaarigen, schlanken Mann und eine langhaarige blonde Frau mit zwei kleinen Kindern vor einem Christbaum. Ein kleines Mädchen saß mitten in einem Berg aus zerrissenem Geschenkpapier und hielt eine kleine Puppe in der Hand. Neben ihr saß ein dicker Junge auf einem Plastiktraktor und blickte stolz in die Kamera.

„Wie sehr habe ich diesen Traktor geliebt. Ich bin damit im ganzen Haus herumgerast und habe unsere Eltern zur Weißglut gebracht. Einmal bin ich so fest gegen den Christbaum gefahren, dass er umgefallen ist, weißt du noch?", sagte Otto.

„Mama hat furchtbar geschimpft mit dir, weil die Glaskugeln zerbrochen sind", antwortete Jasmin.

Ottos Augen füllten sich mit Tränen. Auch Jasmin begann zu weinen. „An mein Herz, kleine Schwester!", schluchzte er. Die beiden Geschwister stürmten aufeinander zu und umarmten sich so fest, als wollten sie sich nie wieder voneinander lösen.

„Ich habe dir ja gleich gedacht, dass sie sich irgendwie verdammt ähnlichsehen", hörte Otto jemanden neben sich sagen, doch davon ließ er sich nicht stören.

Dreharbeiten

Otto, Jasmin, Elvira, Hakan und einige weitere Helfer hatten etwa drei Stunden gebraucht, um die Küche des alten Gasthofs „Zur wilden Gams" im Tal zu säubern und sie für den Videodreh herauszuputzen. Ihre Arbeit konnte sich sehen lassen. Alles blitzte und glänzte, als würde der Gasthof bald wieder in Betrieb gehen.

Leon, der eben erst gekommen war, staunte nicht schlecht, als er sein Stativ aufstellte und ein großes Objektiv an seine Kamera schraubte. „Wow, hier sieht ja alles blitzsauber aus. Ihr habt euch echt ins Zeug gelegt", sagte er voller Bewunderung.

Auf Ottos Stirn glitzerte der Schweiß. „Das war auch ziemlich anstrengend. Zum Glück ist das Schlimmste geschafft."

Jasmin konnte sich ein freches Grinsen nicht verkneifen. „Noch nicht, Brüderchen. Jetzt musst du erst einmal deine schauspielerischen Leistungen unter Beweis stellen."

„Sollen wir die Szenen nicht vorher noch einmal proben? Das Video muss so überzeugend wie möglich sein", antwortete Otto.

Leon hauchte auf das Objektiv der Kamera und putzte es mit einem dünnen Reinigungstuch. „Hast du etwa schon wieder deinen Text vergessen? Keine Sorge, Otto, der Akku hält lange genug, und zur Not können wir die Szenen auch mehrmals drehen."

„Zieh das da an!" Elvira warf Otto eine Schürze und eine Kochmütze zu. Die Kleidungsstücke hatten sie in der Küche des alten Wirtshauses gefunden und gewaschen, sodass sie wie neu aussahen. Otto band sich die Schürze um seinen dicken Bauch und setzte sich die Mütze auf. „Und? Wie sehe ich aus?"

„Völlig lächerlich, aber irgendwie knuddelig", kicherte Jasmin.

„Sehr gut! Die Chamurga stehen auf lustige Videos mit knuddeligen Kreaturlingen. Je idiotischer sie sind, desto besser. Wahrscheinlich haben wir schon nach der ersten Folge eine Million Clicks."

„Das wollen wir doch stark hoffen. Hakan, wirf den Generator an, damit wir mit dem Kochen beginnen können!"

Hakan, der den Boden mit einem Wischmopp geschrubbt hatte, salutierte spaßeshalber und ging nach draußen. Schnurrend wie eine Schmusekatze setzte sich kurz darauf ein Benzingenerator vor dem Gasthof in Bewegung.

„Los geht's!", sagte Jasmin voller Tatendrang. Leon schaltete die Kamera ein, auf der ein kleines grünes Lämpchen aufleuchtete. Otto stellte sich hinter den Herd und fuchtelte mit einem Kochlöffel in der Luft herum.

„Hallo Leute, hier ist Otto. Ich darf euch sehr herzlich zur ersten Folge von ‚Otto kocht' begrüßen. Heute zeigen wir euch, wie man Original Wiener Schnitzel nach Art der Kreaturlinge zubereitet. Meine beiden Helferinnen Jasmin und Elvira werden mir helfen, einen Gaumenschmaus für euch auf die Teller zu zaubern."

Jasmin und Elvira tänzelten von links und rechts herbei und winkten freudestrahlend in die Kamera.

„Wie es für das Original Wiener Schnitzel gehört verwenden wir Kalbfleisch, denn mit Schweinefleisch wäre es kein Original Wiener Schnitzel, sondern nur ein Schnitzel

Wiener Art", fachsimpelte Otto. Er öffnete einen Plastikbehälter, in dem die vorbereiteten Fleischstücke aufbewahrt wurden, und legte sie vor sich auf den Tisch. Das Fleisch stammte von einem Kalb, das die Partisanen am Tag zuvor auf der Alm geschlachtet hatten.

„Zuerst werden wir die Panierung vorbereiten. Dazu brauchen wir Weizenmehl, verquirlte Eier und Semmelbrösel." Jasmin und Elvira stellten drei Teller auf den Tisch und füllten jedes mit den von Otto gewünschten Zutaten.

„Jetzt verschlagen wir die Eier, sodass das Eigelb noch sichtbar ist. Jasmin, bereite mir bitte etwas Mehl vor. Elvira, du kannst die Schnitzel gleich einmal auf beiden Seiten mit Salz und Pfeffer würzen", wies sie Otto an.

„Nun werden wir die Schnitzel im Mehl wenden, sodass die gesamte Oberfläche gleichmäßig damit bedeckt ist, und sie ordentlich eincremen." Otto klopfte die Schnitzel ab, zog sie durch die Eimasse und zeigte sie bis über beide Ohren lächelnd in die Kamera. „Jetzt kommen die Semmelbrösel dran. Achtet darauf, dass ihr die Schnitzel ebenfalls gut abklopft, damit nicht zu viele Brösel daran kleben bleiben."

Nach einer fünfminütigen Pause ging es mit den Dreharbeiten weiter. „Wir kommen langsam zum Endspurt, liebe Zuseher, denn jetzt werden wir die Schnitzel backen", verriet Otto geheimnistuerisch. „Dafür gießen wir etwas Pflanzenöl in eine Pfanne und stellen sie auf den Herd, den wir auf 180 Grad erhitzt haben."

Er wendete die Schnitzel mehrmals in der Pfanne und hielt sie in die Höhe. „Seht ihr, wie köstlich goldgelb gebacken sie sind? Mir läuft schon das Wasser im Mund zusammen, liebe Zuseher. Und wie herrlich sie duften! Wie schade, dass ihr es zu Hause nicht riechen könnt, denn das würde euch die Sinne rauben."

Otto wandte sich nun wieder an seine beiden fleißigen Helferinnen. „Jasmin und Elvira, könnt ihr bitte schon einmal den Kartoffelsalat und den Reis zubereiten?"

Alle drei sahen gleichzeitig in die Kamera und begannen schallend zu lachen. „Keine Angst, liebe Zuseher. Das war nur ein Scherz. Wir wollen doch das gute Fleischgericht nicht verderben. Semmeln, etwas Zitronensaft und scharfer Ketchup reichen völlig."

Jasmin und Elvira schnitten die Semmeln auf. Otto legte die knusprigen Schnitzel zwischen die Semmelscheiben, beträufelte sie mit Zitronensaft und fügte eine dicke Schicht Ketchup hinzu. Mit der fertigen Schnitzelsemmel in der Hand stellte er sich demonstrativ vor die Kamera. „So, und jetzt wird gegessen. Mahlzeit, liebe Zuseher!"

Wie ein hungriger Löwe biss Otto in das vor Fett triefende Schnitzelsemmel. Dicker roter Ketchup lief ihm seine Wangen hinab. „Mmmh, wie gut das schmeckt. Was gibt es Besseres als gutes Schnitzel vom Kalb?"

Auf ein Zeichen von Jasmin hielt Leon die Aufnahme an. Die beiden Mädchen holten nun die Chamurga-Kostüme, die sie extra für die Dreharbeiten genäht hatten.

„Brüderchen, steh nicht rum, sondern hilf uns ein bisschen!", bat Jasmin.

Otto half ihnen, die plumpen blauen Kostüme überzuziehen, und knöpfte sie am Rücken zu. „Ist das mühsam. Können wir die Kostüme nicht einfach per KI am Computer erstellen? Das habe ich im Zoo auch getan, um meine Videos aufzupeppen", fragte er.

„Leider habe ich kein Bildbearbeitungsprogramm auf meinem Laptop, und ohne Internetzugang kann ich mir auch keines herunterladen", antwortete Leon trotzig.

Zum Abschluss setzten Jasmin und Elvira ihre aus Pappe und Stoff gebastelten dreieckigen Köpfe auf, die farblich mit den Kostümen abgestimmt waren. „Alle Achtung. Ihr seht so echt aus, dass ihr glatt auf eine Chamurga-Party gehen könntet", staunte Otto.

„Vergesst die Helme nicht, die wir den toten Biestern abgenommen haben", wies Leon seine Drehkollegen an.

Otto stülpte seiner kleinen Schwester und Elvira die kegelförmigen Helme über den Kopf. Obwohl sie sehr groß waren und entfernt an eine Taucherglocke erinnerten, wogen sie so gut wie nichts, da sie aus einem extrem leichten, außerirdischen Material hergestellt waren.

Dennoch fühlte sich Elvira nicht sehr wohl darunter. „Unter diesen Ungetümen kriegt man ja Platzangst. Wie halten die Chamurga das nur aus?", fragte sie.

Die beiden nun vollständig eingekleideten Helferinnen nahmen ein scharfes Messer und eine Gabel in die Hand, was im Kostüm gar nicht so einfach war, und stellten sich dicht neben Otto. Das grüne Lämpchen leuchtete auf. Leon hob die rechte Hand und zählte mit den Fingern von drei auf null herunter.

„Am besten schmeckt uns immer noch das Fleisch von dicken, wohlgenährten Kreaturlingen wie dir!", riefen Jasmin und Elvira gleichzeitig.

„Oh nein! Warum schmecke ich bloß so gut?" Otto riss in gekünstelter Panik die Hände in die Höhe, sodass seine Kochmütze in weitem Bogen durch die Luft flog.

„Sehr gut, spitze!", lobte Leon, nachdem auch diese Szene im Kasten war.

Jasmin, Otto und Elvira stellten sich enganeinander geschmiegt rund um seinen Laptop und sahen sich die bisher gedrehten Szenen an. „Das war echt oscarreif", sagte Otto begeistert.

„Was zum Teufel ist ein Oscar?", fragte Elvira verblüfft.

„Nicht so wichtig", antwortete Otto und gähnte langgezogen. „Ich hätte mir nie gedacht, dass ein Videodreh so anstrengend sein kann."

„Keine Müdigkeit vortäuschen. Wir haben immerhin noch zehn Rezepte vorzustellen. Als nächstes ist geschmortes Zwiebelfleisch dran", sagte Leon.

Jasmin zog eine Grimasse. „Aber jetzt ohne die blöden Kostüme. Mich juckt es schon am ganzen Körper."

„Die Szene mit den Kostümen ist der Running Gag am Ende von allen Videos. Es reicht, dass wir sie einmal gedreht haben", beruhigte sie Leon.

Als das zehnte Rezept von ‚Otto kocht' im Kasten war, ging über dem Tal bereits die Sonne unter. Otto fühlte sich völlig gerädert. „Mann, bin ich müde. Ich hoffe, die ganze Mühe ist nicht umsonst", sagte er.

Jasmin klopfte ihm aufmunternd auf die Schulter. „Freu dich doch, großer Bruder. Mit ‚Otto kocht' wirst du bei den Chamurga zum Social Media-Star." Jasmin wandte sich wieder an Leon. „Wann werden die Videos fertig sein?"

„Ich schätze in drei Tagen. Ich muss die Videos noch schneiden und mit Musik unterlegen, damit das ordentlich fetzt."

„Je kürzer die Videos sind, desto besser. Die Aufmerksamkeitsspanne der Chamurga ist nicht gerade lang", riet ihm Otto.

„Bist du dir sicher, dass sie auch alles verstehen werden? Wir könnten sonst zusätzlich Reels erstellen und sie mit Text unterlegen", schlug Leon vor.

Otto nickte. „Die Chamurga verstehen die Sprachen der Menschen durch den Simultanübersetzer, der in ihren Helmen eingebaut ist", erklärte er. „Aber Reels sind keine schlechte Idee. Schließlich beherrsche ich die Schrift der Chamurga."

Jasmin stieß ihn mit dem Ellbogen in die Seite. „Komm mit, Brüderchen. Während die anderen die Küche putzen, schauen wir uns einmal den Transporter etwas näher an. Vielleicht kriegen wir raus, wie das Ding zu fliegen ist."

Otto folgte ihr nach draußen auf den Dorfplatz. Die beiden streiften das Tarnnetz ab und öffneten die Einstiegsluke des Luftgleiters.

„Na, da bin ich aber gespannt", sagte Jasmin und schlüpfte in das Cockpit.

Otto hatte alle Mühe, sich durch die enge Einstiegsluke zu zwängen. Das Cockpit war hingegen überraschend geräumig, sodass man bequem seine Beine ausstrecken konnte. Die Sitze waren komfortabel und weich. Das Steuerpult war sehr schlicht ausgestattet. Trotz ihrer Intelligenz und ihrer hohen technologischen Errungenschaften standen die Chamurga darauf, die Dinge so simpel wie möglich zu halten.

In der Mitte des Steuerpults öffnete sich automatisch eine Klappe, unter der sich ein Panel verbarg, auf dem bunte, kreisförmig angeordnete Knöpfe blinkten. Auf den Knöpfen waren außerirdische Schriftzeichen abgebildet, die für Jasmin keinen Sinn ergaben.

„Hast du eine Ahnung, welchen wir drücken sollen?", fragte sie.

„Hmm, das sieht eigentlich ganz einfach aus. Mit dem Steuerknüppel kann ich den Transporter in alle Richtungen lenken. Dieser Knopf hier steht für ‚Hinauf', dieser hier für ‚Abwärts'. Die Anzeige hier zeigt die Beschleunigung an", übersetzte Otto. „Am besten ist es, wir probieren das Ding einfach einmal aus."

Otto drückte auf den obersten Knopf, und sogleich war das sanfte Rauschen der Turbinen zu hören. Sicherheitsgurte schlossen sich automatisch um ihre Hüften. Wie von Geisterhand hob sich der Luftgleiter in die Höhe.

Jasmin blickte aus dem Fenster. Der Dorfplatz, die Kirche und die Häuser unter ihnen wurden immer kleiner und kleiner. „Fliegen wir jetzt ins Weltall?", fragte sie leicht nervös.

„Wenn ich alles richtig verstehe, müsste ich jetzt einfach auf den mittleren Knopf drücken." Otto wagte es erneut, und siehe da – der Transporter hörte auf zu steigen und schwebte wie eine Feder in der Luft.

„Das ist ja total easy. Im Prinzip muss ich nur in die Richtung lenken, in die wir fliegen wollen". Otto freute sich wie ein kleines Kind. „Sollen wir einen Rundflug über den See machen, Schwesterherz?"

„Muss das sein? Wir sollten es nicht gleich übertreiben."

„Keine Angst. Du wirst sehen, dass wird ein Riesenspaß." Otto ließ den Luftgleiter um 180 Grad herumschwenken und steuerte auf den See am Ende des Tals zu. Die Geschwindigkeit konnte man durch Drücken oder Ziehen am Steuerknüppel beliebig reduzieren oder erhöhen.

„Wow, ich liebe diese Alien-Technologie. Das ist der pure Wahnsinn! Sieh nur welch schöne Aussicht wir von hier haben!"

Jasmin konnte Ottos Begeisterung nicht teilen. „Können wir dann bitte wieder zurückkehren? Jetzt wissen wir ja, wie das Ding zu fliegen ist."

Otto genoss den Flug aus vollen Zügen. „Hast du etwa Höhenangst? Ich fliege nur bis ans Ende des Sees und dann retour, okay?"

Jasmin saß wie zu einer Salzsäule erstarrt da und klammerte sich mit ihren Händen am Sitz fest. Otto beschloss, ihr einen kleinen Schreck einzujagen. Mit einem gefühlvollen Ruck am Steuerknüppel legte er den Transporter quer, bis die Einstiegsluke im rechten Winkel zum Tal stand. Jasmin begann zu hyperventilieren. Otto bewegte den Steuerknüppel in die andere Richtung, sodass sich der Luftgleiter auf die andere Seite legte. Das machte er so oft, dass sie hin und her wankend wie ein Betrunkener über den See flogen.

„Spinnst du total? Wir werden abstürzen!", schrie Jasmin hysterisch.

Otto zog den Steuerknüppel durch, und der Transporter schoss senkrecht in die Höhe. Nach einem rasanten, raketenartigen Anstieg flog er einen Looping rückwärts und ließ ihn im Sturzflug Richtung Tal hinab.

Jasmin schrie wie am Spieß. „Hör sofort auf mit diesem Blödsinn, oder ich drücke da drauf. Mir egal, wenn wir beide dabei draufgehen!" Ihre Hand schwebte über einem Knopf auf der Unterseite des Panels, der in einem aggressiven Rotton schimmerte.

„Mach das lieber nicht, Schwesterchen, sonst wird das Cockpit abgesprengt. Das ist nämlich der Schleudersitz", warnte Otto. Kurz vor dem See drückte er auf den Knopf ‚Normalflug'. Der Transporter drosselte automatisch die Geschwindigkeit, ging in die Horizontale und glitt elegant mit nur wenigen Metern Abstand über der Wasseroberfläche dahin.

Einige Minuten später setzte der Transporter wieder ganz sanft auf dem Dorfplatz auf. „Das war ein Spaß, nicht wahr? Ich kann es gar nicht erwarten, bis wir nach Budelkan - ich meine nach Linz - aufbrechen."

Jasmin wischte sich den Angstschweiß von der Stirn. „Das nächste Mal fliegst du normal, ist das klar? Sonst blase ich die ganze Aktion ab!" Als sie wieder festen Boden unter den Füßen hatte, kehrte die Farbe langsam in ihr Gesicht zurück. „Ich verstehe nicht, dass die Leute früher freiwillig in ein Flugzeug gestiegen sind, um in Urlaub zu fliegen. Mich würden keine zehn Pferde in so eine fliegende Blechkiste bringen."

„Dieses Mal bleibt dir leider nichts anderes übrig", lachte Otto. Plötzlich wurde er nachdenklich – so wie immer, wenn jemand von der Vergangenheit sprach. Er musste Jasmin etwas fragen, was ihm schon lange auf der Seele brannte. „Weißt du eigentlich, wo Mama und Papa damals hingebracht worden sind?"

Jasmin sah ihn überrascht und gleichzeitig erschrocken an. Es schien, als hätte sie den Gedanken an ihre Eltern längst verdrängt und wollte auch gar nicht an sie erinnert werden. „Ich weiß es nicht. Als wir voneinander getrennt wurden, habe ich sie zum letzten Mal gesehen. Ich habe nie wieder etwas von ihnen gehört."

Otto nickte enttäuscht. Genau mit dieser Antwort hatte er gerechnet. Dennoch hätte er nur zu gerne gewusst, ob sein Vater und seine Mutter noch am Leben waren. „Glaubst du, wir werden sie jemals wiedersehen?"

„Konzentrieren wir uns auf lieber unsere Mission, okay? Wir können die Vergangenheit ohnehin nicht mehr ändern, aber wir können versuchen, für eine bessere Zukunft zu kämpfen!", antwortete Jasmin trotzig.

Otto hätte gerne noch über ihre Eltern gesprochen, doch er sah ein, dass es sinnlos war. Irgendwie konnte er Jasmin verstehen: Es galt, die traumatischen Erlebnisse der Vergangenheit auszublenden und mit Zuversicht in die Zukunft zu blicken. Denn jeder hatte schlimme Erfahrungen gemacht, die er auf seine Art und Weise verarbeiten musste. Zumindest waren Ottos Bedenken, ob sein Plan funktionieren oder in einem Desaster enden würde, endgültig verflogen. Denn mit einer Partnerin wie Jasmin an seiner Seite konnte es einfach nicht schiefgehen.

Nachts im Zoo

Kurz vor Mitternacht brach die kleine sechsköpfige Gruppe auf. In vollkommener Dunkelheit ging es über steile Berghänge und durch dichte Wälder hinab. Obwohl die Partisanen Stirnlampen trugen und die Gegend wie ihre Westentasche kannten, mussten sie auf der Hut sein. Eine kleine Unaufmerksamkeit genügte, um über einen der vielen Steine, Wurzeln und Bodenunebenheiten zu stolpern und sich den Hals zu brechen.

Nach über einer Stunde hatten sie endlich den Waldrand erreicht. Ein schmaler Pfad führte von hier hinunter ins Tal. „Puh, ist das dunkel hier. Ich kann gar nicht sehen, wo ich hin latsche", schimpfte Otto, der dicht hinter Jasmin an der Spitze der Gruppe marschierte.

„Beklag dich nicht, Brüderchen. Heute ist eine mondlose, wolkenverhangene Nacht. Einen besseren Zeitpunkt, um zuzuschlagen, gibt es nicht."

„Otto, warum rollst du dich nicht einfach ein wie ein Igel? Dann bist du in drei Minuten unten im Tal", lästerte Karl.

„Spinnt ihr? Wollt ihr, dass er eine Steinlawine auslöst, die das ganze Dorf verschüttet?", lästerte Elvira. Die ganze Gruppe lachte, doch Otto verkniff sich einen Kommentar. Erstens war die ganze Aktion ja seine Idee gewesen, und zweitens brauchte er jede Brise Luft, um den anstrengenden Marsch zu bewältigen.

Nach einer weiteren Stunde hatten die Partisanen den Dorfplatz und ihr Ziel - den Transporter - erreicht. Otto war froh, endlich wieder auf flachem Boden zu stehen. Er stellte seinen schweren, mit Handgranaten und Munition vollbepackten Rucksack auf den Boden. Insgeheim hoffte er, dass sie nichts davon brauchen würden.

„Ich setze mich ans Steuer wie ausgemacht, okay?", sagte Otto keuchend zu Jasmin.

„Wer denn sonst? Du bist schließlich der Einzige, der das Ding fliegen kann", antwortete die Anführerin.

Hakan blieb skeptisch. „Bist du dir auch wirklich sicher, dass du die Navigation ausreichend beherrschst? Wenn wir abstürzen, geht unser schöner Plan baden, und wir mit ihm."

„Otto hat in den letzten Tagen sechs Testflüge gemacht. Er fliegt den Luftgleiter schon besser als die Chamurga selbst", beruhigte ihn Jasmin.

„Sieben um genau zu sein", korrigierte sie Otto.

„Na dann. Auf ins Abenteuer!", antwortete Hakan erleichtert.

Die bis an die Zähne bewaffneten Partisanen stellten sich im Kreis auf und streckten ihre zur Faust geballten Hände aus. Die Lichtkegel ihrer Stirnlampen trafen sich in der Mitte und verschmolzen zu einem hellen Punkt. „Komm her, Otto! Dieses Ritual machen wir immer bevor wir in den Kampf ziehen", sagte Jasmin.

Der kleine Kreis öffnete sich, und Otto gesellte sich zu seinen Kameraden. Er streckte wie sie seine rechte Hand aus und ballte sie zur Faust. Die Partisanen begannen nun ein Gedicht aufzusagen.

„Was kriecht da rum? Was soll das sein? Es muss wohl ein Chamurga sein. Sie kamen plötzlich aus dem All, brachten die Menschheit schnell zu Fall. Doch das wird nicht ewig währen, denn wir wissen uns zu wehren. Mit List und Tücke oder im Gefecht, gegen sie ist jedes Mittel Recht. Sind sie uns auch überlegen, irgendwann werden wir sie doch besiegen. Und dann ist es endlich vorbei, mit Tyrannei und Sklaverei. So auf in den Kampf, meine lieben Kameraden, bald wird der Feind in seinem Blute baden."

„Wow, das war echt stark. Habt ihr euch das ausgedacht?", staunte Otto.

„Na klar. Ein Schlachtruf wie dieser macht richtig heiß auf den Einsatz, nicht wahr?", antwortete Hakan und klopfte ihm auf die Schulter.

Otto schlüpfte hinter Jasmin in das Cockpit des Transporters, während Hakan, Leon, Karl und Elvira hinten auf der Ladefläche Platz nahmen. „Ich hoffe, ihr holt euch keinen Schnupfen. Es ist etwas luftig dort", rief er ihnen zu, bevor er die Luke schloss. Otto machte es sich auf seinem Sitz bequem und schaltete die Innenbeleuchtung ein. „Hast du Angst?", fragte er Jasmin.

„Solange du das Ding ohne zu wackeln in der Luft behältst, nicht. Du?"

Otto wischte sich seine schweißnassen Hände an seiner schwarzen Jacke ab. „Ehrlich gesagt mache ich mir fast in die Hose."

„Das ist normal. Eine gewisse Anspannung gehört dazu. So bleibst du konzentriert und wachsam und kannst deine maximale Leistung abrufen."

Otto atmete tief aus und ein und drückte den Knopf zum Start. Der Luftgleiter stieg wie von Zauberhand und fast lautlos in die Höhe.

Wie sich bei den Testflügen herausgestellt hatte, war auch das Navigationssystem des Transporters einfach zu bedienen. Ein Bildschirm zeigte die größeren Siedlungen und Stützpunkte der Chamurga an, sodass man lediglich die gewünschte Richtung und Geschwindigkeit auswählen musste. Den Rest erledigte der Autopilot. Otto konnte sich entspannt zurücklehnen und hatte Zeit, mit Jasmin zu plaudern. „Warum ist eigentlich Karl mit von der Partie? Ich dachte, er wollte mit der Aktion nichts zu tun haben?", fragte er.

„Ich habe eigentlich Aaron für den Einsatz ausgesucht, aber er ist leider kurzfristig wegen einer Magen-Darm-Erkrankung ausgefallen. Er hat wohl verdorbenes Fleisch gegessen oder unsauberes Wasser getrunken."

„Der arme Kerl." Irgendwie kam es Otto seltsam vor, dass gerade Karl so plötzlich Feuer und Flamme dafür gewesen war, für den Erkrankten einzuspringen. Bis zuletzt hatte der ehemalige Priester gegen seinen Plan gewettert und sogar versucht, andere Dorfbewohner gegen ihn aufzuwiegeln. Zum Glück hatte Jasmin ein Machtwort gesprochen und die Diskussion abrupt beendet.

Je näher sie Budelkan beziehungsweise Linz kamen, desto größer wurde Ottos Nervosität. Das lag nicht nur an der Gefahr, entdeckt zu werden, sondern auch daran, dass er in der Dunkelheit nichts erkennen konnte.

Auch bei Jasmin machte sich nun eine gewisse Anspannung bemerkbar. „Weißt du, wo sich der Zoo genau befindet?", fragte sie.

„Natürlich. In der Nacht sind die Wege zwischen den Gehegen immer beleuchtet. Er sollte also von oben leicht zu erkennen sein." Otto schaltete auf manuelle Steuerung. Der Transporter glitt lautlos über die schlafende Stadt hinweg. „Eigentlich müssten wir schon hier sein, verdammt noch einmal!"

Jasmin sah aus dem Seitenfenster. „Hast du nicht gesagt, dass sich der Zoo südlich der Donau befindet? Wir überqueren sie nämlich gerade."

Jetzt erkannte auch Otto, dass sie schon den großen Fluss erreicht hatten und zu weit geflogen waren. Er wendete den Transporter und steuerte ihn zurück in die Richtung, aus der sie gekommen waren.

„Irgendwo hier muss er doch sein." Otto begann langsam zu verzweifeln. Je länger sie über der Stadt hinwegglitten, desto größer wurde die Gefahr, dass das Sicherheitssystem der Chamurga sie erfasste und sie unliebsamen Besuch von einer Aufklärungsdrohne erhielten.

„Ist es das da?" Jasmin zeigte auf eine parkähnliche Landschaft voller Bäume und rechteckig angeordneter Grünflächen, zwischen denen asphaltierte, spärlich beleuchtete Wege entlangführten. Sie hatte richtig geraten. Das Ziel lag direkt unter ihnen.

Otto ging etwas tiefer hinunter. Der Eingang des Zoos, die Gehege und das Bürogebäude, in dem er früher seinen Dienst versehen hatte, waren nun deutlich zu erkennen. Er visierte eine kleine Wiese direkt neben seinem alten Arbeitsplatz an. Der Transporter schwebte diagonal nach unten und landete sanft in unmittelbarer Nähe seines ehemaligen Arbeitsplatzes.

„Puh, Gott sei Dank sind wir endlich da", keuchte Otto und wischte sich den Schweiß von der Stirn.

Jasmin wollte keine Zeit verschwenden. „Los, steig aus! Wir sollten die Aktion so schnell wie möglich hinter uns bringen."

Otto zwängte sich durch die enge Luke. Jasmin folgte ihm ohne sie zu schließen, um im Notfall schnell die Flucht ergreifen zu können. Hinten sprangen die anderen vier Teammitglieder von der Ladefläche. Jasmin begann sofort, sie einzuteilen.

„Karl und Hakan, ihr zwei bleibt hier draußen und bewacht den Transporter. Alle anderen kommen mit mir mit!"

Lautlos huschten die Partisanen hinüber zum Bürogebäude. An der verglasten Eingangstür blieben sie stehen. Jasmin, Elvira und Leon zuckten zusammen, als sich plötzlich ein Bewegungsmelder einschaltete.

Das Licht fiel auf eine nackte, verstümmelte menschliche Gestalt. Auf einer Seite des Kopfes wucherten vereinzelte Haarbüschel, die andere war völlig kahlgeschoren. Das Gesicht sah aus, als hätte man es mit einem Reibeisen bearbeitet. Dort, wo eigentlich das linke Auge sein sollte, klaffte ein schwarzes Loch. Der Mund der bedauernswerten Kreatur stand weit offen und war zahnlos wie der eines Achtzigjährigen. Anstelle des rechten Arms ragte ein kurzer Stumpf aus dem ausgezehrten Körper, der von Kopf bis Fuß mit hässlichen Wunden übersät war.

„Keine Angst, das ist nur ein ausgestopftes Präparat aus dem Gehege der Kreaturlinge. Dieses Männchen wurde nach einem schweren Unfall hierhergebracht und ist vor einem Jahr an einer Wundinfektion verstorben. Mein ehemaliger Chef hat in seinem Büro noch mehr solche Gestalten stehen", versuchte Otto seine Gefährten zu beruhigen, was ihm jedoch nicht gelang.

„Wie grausam!", sagte Jasmin entsetzt. „Wo ist das Gehege der ‚Kreaturlinge'?"

„Es ist nicht weit von hier. Nach dem Elefantengehege muss man rechts abbiegen, dann sind es noch ungefähr hundert Meter geradeaus", antwortete Otto und deutete in die angegebene Richtung.

„Wenn wir die Videos hochgeladen haben, werden wir das Gehege aufbrechen und die armen Seelen befreien!"

„Aber Jasmin, wir sollten uns jetzt erst einmal um die Videos kümmern. Unsere Mission hat oberste Priorität", flehte Leon, der sich so tief im Feindesland sichtlich unwohl fühlte.

Jasmin raste vor Wut, willigte aber ein. „Ist schon gut, aber bevor wir sie nicht befreit haben haben, werde ich nicht von hier verschwinden!"

An der Wand neben dem Eingang hing ein Apparat, in dem ein Fingersensor installiert war. Otto presste seinen Daumen darauf. Die Tür bewegte sich zu seiner großen Verwunderung keinen Millimeter. Er versuchte es erneut, doch vergeblich. Seine drei Begleiter warfen ihm schon ängstliche Blicke zu, als ihm einfiel, dass er statt des Daumens den Zeigefinger benutzen musste. Beim dritten Versuch klappte es auf Anhieb. Erleichtert betraten sie das Bürogebäude. „Mein Büro ist im ersten Stock. Folgt mir!"

Die Tür zu Ottos ehemaligem Arbeitsplatz war wie erwartet unverschlossen. Otto fuhr die Jalousien herab und schaltete das Licht ein. In dem kleinen Raum herrschte das pure Chaos. Überall standen Teller mit Essensresten und benutzte Kaffeebecher herum. Der Boden war voller Kuchenkrümel und schmutziger Schuhabdrücke. Auf dem Schreibtisch und der Tastatur hatte sich eine dicke Staubschicht ausgebreitet. Wer auch immer Ottos Nachfolger war – Ordnung gehörte nicht gerade zu seinen Stärken.

Während Otto den Computer hochfuhr, packte Leon seine Kamera aus dem Rucksack aus. „Wie kannst du eigentlich in dieses Soziale Netzwerk einsteigen? Hast du einen eigenen Account angelegt?", fragte er.

Otto schüttelte den Kopf. „Kreaturlinge – ich meine, Menschen – dürfen sich auf FlipFlop nicht registrieren. Ich weiß die Zugangsdaten für die Seite des Zoos. Sie hat fast über eine Million Follower. Das Gehege mit den deformierten Menschen ist nämlich einzigartig. Es kommen Chamurga aus der ganzen Welt, um sie zu sehen."

„Bist du etwa stolz darauf?", fragte Jasmin schockiert.

„Nein, natürlich nicht. Aber je mehr Follower die Seite hat, desto schneller gehen unsere Videos viral", antwortete Otto.

Der Bildschirm flackerte auf. Auf dem blauen Hintergrund erschien eine Menüleiste mit bunten Symbolen. „Das ist das Betriebssystem", erklärte Otto. „Es funktioniert ganz simpel. Im Grunde ist alles ein Kinderspiel."

„Das sieht so ähnlich aus wie unsere Betriebssysteme früher", staunte Leon.

„Das ist kein Wunder. Die Chamurga haben einfach unsere Infrastruktur übernommen und sie für sich adaptiert. Im Großen und Ganzen ist aber alles gleichgeblieben." Otto klickte auf ein rot-blau-grünes Symbol in der Menüleiste und gab das gewünschte Passwort ein. Sofort öffnete sich die FlipFlop-Seite des Zoos.

„Es ist echt bewundernswert, dass du diese komischen Schriftzeichen entziffern kannst. Für mich ist das nur unverständliches Gekritzel", staunte Jasmin.

„Wenn man wie ich jahrelang mit den Chamurga zu tun hat, lernt man irgendwann ihre Sprache und ihre Schrift kennen und weiß, wie die Computer zu bedienen sind", antwortete Otto.

Leon steckte ein USB-Kabel in seine Kamera und verband sie mit dem Computer. Ein kleines Fenster öffnete sich, das die gespeicherten Videos anzeigte.

Otto deutete auf den Bildschirm. „Wir müssen jetzt nur mehr die Videos auswählen und die Zeit eingeben, wann sie online gehen sollen. Mit diesem blauen Button hier können wir sie hochladen."

Jasmin, Leon und Elvira standen hinter Otto und blickten ihm gespannt über die Schulter. Eine kleine Menüleiste begann sich in Schneckentempo zu füllen. Das erste Video aus der Reihe „Otto kocht" war im Begriff, online zu gehen.

„Bumm, bumm, bumm!" Während alle gebannt auf den Bildschirm starrten, peitschten draußen drei schnell aufeinanderfolgende Schüsse durch die Nacht. Jasmin, Leon und Elvira zückten ihre Gewehre und Pistolen. Otto war als einziger unbewaffnet, weil er sich bei den Schießübungen auf der Alm zu dumm angestellt und ihm Jasmin wegen Selbst- und Fremdgefährdung den Besitz einer Waffe untersagt hatte. Otto ärgerte das maßlos. Ohne Waffe in einen so gefährlichen Einsatz zu gehen, war, als wollte man ohne Kletterausrüstung den Mount Everest besteigen.

Eilige Schritte stampften die Treppe hoch. „Nicht schießen! Es ist Karl!", rief Elvira, die sich vor der Tür in einer dunklen Ecke positioniert hatte. Wie ein Sprinter beim Zieleinlauf hechtete Karl ins Büro. Er sah blass und mitgenommen aus, als hätte er sich gerade einen harten Kampf mit einem ganzen Chamurga-Bataillon geliefert.

„Was ist draußen los? Wer hat da geschossen?", fragte ihn Jasmin.

„Die Chamurga sind uns auf die Schliche gekommen. Sie haben Hakan von einem Luftgleiter aus abgeknallt. Ich konnte mich gerade noch ins Gebäude retten."

Jasmin lauschte. Außer Karls Keuchen war nichts zu hören, was aber nicht verwunderlich war. Die Turbinen der Luftgleiter waren schließlich so gut wie lautlos. Vorsichtig spähte sie durch die Jalousien, doch es war nichts zu erkennen. „Wo sind sie hin?"

„Ich weiß es nicht. Wahrscheinlich holen sie Verstärkung. Wir müssen das Ganze abbrechen und sofort von hier verschwinden!"

Otto schaute auf den Bildschirm. Das erste Video war schon fast hochgeladen. „Wir sind aber noch nicht fertig", sagte er und wunderte sich, wie ruhig er im Angesicht der Gefahr blieb.

Karl kam wütend auf ihn zu. „Du verdammter Scheißkerl! Du hast uns das alles eingebrockt. Du hast schon Hakan auf dem Gewissen, und jetzt willst du auch noch, dass wir wegen deiner verrückten Idee unser Leben riskieren?"

„Ruhe!" Jasmin gab Leon und Elvira ein Zeichen ihr zu folgen. Auf Samtpfoten schlichen sie die Treppe hinab.

Jasmin blickte vorsichtig durch die verglaste Eingangstür. Otto sah noch, wie sich die Tür öffnete und die drei das Gebäude verließen. „Ich hoffe, die haben das Haus noch nicht umstellt", sagte er und schluckte.

Statt zu antworten hastete Karl zum Computer und tippte scheinbar wahllos auf der Tastatur herum.

„Was machst du da?"

Karl schwieg, ließ sich aber von seinem seltsamen Verhalten nicht abbringen. Ruckartig zog er das USB-Kabel aus dem Slot, was das Hochladen des Videos unterbrach.

„Lass das! Wir sind doch noch gar nicht fertig!"

„Halt die Schnauze!", fuhr Karl ihn an. Er nahm die Kamera mitsamt dem lose dranhängenden Kabel und schleuderte sie zu Boden.

Jetzt wurde Otto klar, warum Karl unbedingt beim Einsatz dabei sein wollte, obwohl er das Unternehmen von Anfang an für schwachsinnig gehalten hatte. Mit Sicherheit hatte er Aaron vergiftet, um für ihn einspringen zu können. Otto schäumte vor Wut. „Du bist ein mieser Saboteur! Schäm dich, deine Freunde so zu hintergehen!"

„Erstens bist du nicht mein Freund, und zweitens lasse ich nicht zu, dass wegen dir noch mehr Menschen geschlachtet werden. Ihr seid doch alle verrückt!"

„Lass es uns doch wenigstens versuchen. Wenn wir die Chamurga besiegen wollen, müssen wir zu drastischen Mitteln greifen."

„Das kommt gar nicht infrage. Es sind schon viel zu viele Menschen gestorben." Karl griff an seine Pistole, die in einem Halfter an seinem schwarzen Ledergürtel steckte. Er richtete die Waffe auf Otto. „Du kommst mit mir mit! Ich brauche jemanden, der den Transporter fliegen kann."

„Wir können die anderen doch nicht einfach zurücklassen", beschwerte sich Otto.

„Oh doch. Sie sind selbst schuld, dass sie sich auf diesen Blödsinn eingelassen haben."

Wieder kamen eilige Schritte die Treppe hoch. Elvira betrat das Büro. Karl stellte sich schnell hinter Otto und richtete seine Waffe auf dessen Kopf.

„Draußen ist alles ruhig! Jasmin und Leon kümmern sich um Hakan. Es hat ihn ziemlich schlimm er…" Elvira blieb wie erstarrt stehen. Jetzt erst erkannte sie den Ernst der Lage.

„Geh aus dem Weg! Mach keine Dummheiten!", schrie Karl sie an.

„Aber Karl, was soll das?", fragte sie.

„Diese bescheuerte Aktion ist fehlgeschlagen. Ich werde jetzt von hier verschwinden. Also geh zur Seite!"

Otto spürte den Druck des Pistolenlaufs an seiner Schläfe. „Tu was er sagt, Elvira. Er meint es ernst", flehte er. Es musste doch eine Möglichkeit geben, um sich aus dieser misslichen Lage zu befreien. In seinem Kopf schossen die Gedanken wie Billardkugeln hin und her, doch er war zu aufgeregt, um einen klaren Gedanken fassen zu können.

„Los jetzt, gehen wir!" Karl stieß Otto in den Rücken. Otto machte einige unbeholfene Schritte vorwärts. Er spürte Karls heißen Atem in seinem Nacken. Sein Herz klopfte wie wild. Als er an Elvira vorbeiging, warf er ihr einen hilfesuchenden Blick zu, doch sie konnte leider nichts für ihn tun, denn Karl nutzte Ottos massigen Körper als lebender

Schutzschild. Dabei richtete er die Pistole permanent auf dessen Hinterkopf ohne Elvira auch nur für eine Sekunde aus den Augen zu verlieren.

Sie gingen die Treppe hinab und durch die verglaste Eingangstür nach draußen. Hakan lehnte mit dem Oberkörper an der Seitenwand des Transporters. Seine Augen waren geschlossen. Jasmin und Leon knieten neben ihm und versorgten seine Wunden.

Das Licht des Bewegungsmelders schaltete sich aus. Karl stieß Otto wieder in den Rücken und trieb ihn vorwärts wie eine störrische Kuh. Es war so dunkel, dass Jasmin und Leon die beiden erst bemerkten, als sie schon direkt vor ihnen standen.

Im Licht der Stirnlampen konnte Otto Hakan nun aus unmittelbarer Nähe sehen. Jasmin und Leon hatten ihm seine Tarnkleidung ausgezogen und seinen Oberkörper freigelegt. Auf der linken Brust klaffte ein Einschussloch, das stark blutete. Leon presste seine Handflächen auf die Wunde, während Jasmin ihr Bestes gab, um sie zu verbinden.

„Verdammte Scheiße, du musst ihn so schnell wie möglich ins Dorf zurückbringen. Er verblutet uns sonst!", sagte Jasmin zu Otto.

„Geht zur Seite!", antwortete Karl in einem Ton, der keine Widerrede zuließ.

Jasmin und Leon starrten ihn fassungslos an, schienen aber nicht zu verstehen, was vor sich ging. „Er hat die Kamera zerstört und mich als Geisel genommen", erklärte Otto.

„Das kann doch einfach nicht wahr sein!" Jasmin war so entsetzt, dass sie kurz vergaß, sich weiter um Hakan zu kümmern.

„Du bist ein jämmerlicher Verräter, Karl. Nie hätte ich dir so etwas zugetraut. Wie kannst du uns nur so hintergehen?", schimpfte Leon.

„Bitte versteht mich doch. Ihr seid im Begriff, noch mehr Unglück über die schon gepeinigte Menschheit zu bringen. Als Priester ist es meine Pflicht, euch von dieser teuflischen Tat abzuhalten", rechtfertigte sich Karl.

„Das kann doch einfach nicht wahr sein", wiederholte sich Jasmin, als wäre bei ihr eine Platte hängen geblieben.

„Und was hast du jetzt vor? Willst du uns auch abknallen?", fragte Leon.

„Ich wollte Hakan nichts tun, aber er hat mich davon abgehalten, meine Stellung zu verlassen. Es war ein Versehen."

„Das Dumme ist nur, dass er wegen deines Versehens bald sterben wird, wenn wir nichts unternehmen", knurrte Leon.

„Es tut mir leid. Ich kann ihn leider nicht mitnehmen." Karl tippte Otto an und zeigte auf den Transporter. „Wir steigen ins Cockpit, und dann nichts wie weg von hier."

„Und was geschieht mit den anderen?", fragte Otto, obwohl er die Antwort bereits wusste.

Völlig überraschend huschte Elvira um die Ecke des Bürogebäudes. Offenbar war sie aus dem Fenster gesprungen und hatte versucht, sich an Karl heranzuschleichen. Ihr Pech war, dass sich der Bewegungsmelder eingeschaltet und sie verraten hatte. Karl richtete die Pistole auf sie und benutzte Otto wieder als lebender Schutzschild. „Spiel nicht die Heldin! Wirf die Waffe weg und gib die Hände in die Höhe!"

Elvira folgte der Aufforderung ohne Widerrede. Karl ließ Jasmin und Leon noch genug Zeit, um den Verband um Hakans Brust fertig anzulegen. Die beiden hoben ihn vorsichtig hoch und schleppten den Bewusstlosen hinüber zum Eingangsbereich.

„Glaub ja nicht, dass du ungeschoren davonkommst, Karl! Wir werden uns wiedersehen, wenn nötig in der Hölle!", zischte Jasmin.

„Mit dem Himmel und der Hölle kenne ich mich sicher besser aus als du, du dummes Miststück!", sagte Karl und stieg ins Cockpit des Transporters. Otto folgte ihm widerwillig, schloss die Luke hinter sich und nahm am Steuer Platz. „Wohin soll es jetzt gehen, eure Gnaden?", fragte er sarkastisch.

„Nach Hause!"

„Und was geschieht dann mit mir?"

Karl dachte nach, jedoch eine Spur zu lange für Ottos Geschmack. „Wenn wir wieder im Tal sind, werde ich dich laufenlassen. Nimm den Transporter und flieg, wohin du willst. Aber kehr auf keinen Fall ins Dorf zurück!", sagte er.

Otto merkte sofort, dass das eine Lüge war. Er war sich sicher, dass Karl ihn gleich nach der Rückkehr eiskalt erledigen würde. Irgendwie musste er einen Weg finden, um ihn loszuwerden.

Er gab das Reiseziel im Bordcomputer ein und drückte den Startknopf, blieb aber auf manueller Steuerung. Der Transporter stieg in die Höhe und flog in einer eleganten

Schleife über das Bürogebäude, die beleuchteten Wege und die eingezäunten Gehege hinweg. Obwohl es sehr dunkel war, konnte Otto sich hervorragend orientieren. Er wusste, dass sie geradewegs auf das große Löwengehege zusteuerten. In diesem Moment kam ihm die rettende Idee.

Er hielt die Geschwindigkeit konstant und wartete auf den richtigen Augenblick. Als sie lautlos über eine große Grasfläche mit Felsen und Bäumen hinwegschwebten, sah er seine große Chance gekommen. „Jetzt oder nie!" Otto entfernte eine Klappe unterhalb des Steuerpults und drückte auf den roten Auslöseknopf des Schleudersitzes.

Innerhalb von Sekundenbruchteilen wurde die Haube des Cockpits abgesprengt. Gleichzeitig schlossen sich mehrere mechanische Klammern um die Beine und den Rumpf der beiden Insassen. Ein unter den Sitzen angebrachter Raketentreibsatz zündete und katapultierte Otto und Karl in die Höhe.

Otto blickte nach unten und sah, dass der Transporter geradeaus weiterflog, als wäre nichts geschehen. In dem kurzen Moment, als er wie eine Seifenblase in der Luft hing, kam es ihm so vor, als könnte er fliegen.

Karl schrie wie am Spieß, als die Schwerkraft die Oberhand gewann und die beiden unweigerlich nach unten zog. Auch Otto glaubte, dass er gleich auf dem Boden zerschellen würde. Nach wenigen Metern im freien Fall schaltete sich an beiden Schleudersitzen ein kleines Düsentriebwerk ein, sodass die beiden sanft wie eine Feder nach unten schwebten.

Otto landete auf einem Felsen, Karl nur wenige Meter entfernt in einem Gebüsch. Kaum hatten sie den Boden berührt, öffneten sich die Klammern der Schleudersitze automatisch. Auf dem Felsen, auf dem Otto gelandet war, lagen tagsüber die großen Raubkatzen faul herum und genossen ihr Sonnenbad. Als ehemaliger Zooaufseher wusste er, dass sie nachtaktiv waren und in der Dunkelheit gerne im Gelände umherstreiften.

Behäbig kletterte Otto nach unten, wobei er achtgeben musste, nicht zu stolpern oder auf dem unebenen Gesteinsmassiv abzurutschen. Neben ihm hörte er ein Rascheln, gefolgt von wilden Flüchen und Verwünschungen. Karl versuchte, sich aus dem Gebüsch zu befreien. Otto musste sich beeilen. Sein Vorteil war, dass er im Gegensatz zu Karl das Gelände wie seine Westentasche kannte.

„Otto, wo bist du? Komm her und hilf mir, oder ich knall dich ab!", schrie Karl.

Otto dachte natürlich nicht daran, dem Verräter zu helfen. Im Schutz der Dunkelheit schlich er sich davon, wobei er darauf achtete, keinen Laut zu verursachen. So schnell er konnte eilte er rüber zum Zaun, der unter Strom stand und leise summte. Es war nicht einfach, das kleine Tor zu finden, das drei Mal täglich zu den Fütterungszeiten geöffnet wurde und sich wie alle Zugänge auf dem Zoogelände nur vom Personal öffnen ließ. Otto drückte seinen Zeigefinger auf den Sensor, und der Weg nach draußen war frei.

Karls Silhouette war trotz der Finsternis deutlich zu erkennen. Er irrte im finsteren Löwengehege herum und rief weiter nach Otto. „Wo bist du, du Fettsack? Komm her und hilf mir, sonst mache ich dich platt!"

Otto schlug den Weg zum Bürogebäude ein, um zu Jasmin und den anderen Partisanen zurückzukehren. Er hatte sich noch keine fünfzig Meter vom Löwengehege entfernt, als er Karl wie von Sinnen schreien hörte. „Nicht, lasst mich in Ruhe! Geht weg!"

Der ehemalige Priester gab einige Schüsse aus seiner Pistole ab, was viele Zoobewohner aus ihrem Schlaf riss. Im benachbarten Affenhaus fingen Gorillas, Schimpansen und Orang-Utans wütend an zu brüllen. Die Papageien und Wellensittiche scharrten in ihren Käfigen. Ein Rhinozeros lief aufgeregt durch sein Gehege, als wollte es nachschauen, wer für die nächtliche Ruhestörung verantwortlich war.

Aus dem Löwengehege drang ein wildes Fauchen, auf das panische Schreie und Schüsse folgten. Sekunden später kehrte Ruhe ein, und auch in den anderen Gehegen wurde es wieder so still wie zuvor.

Otto konnte sich ausmalen, wie der Kampf ausgegangen war. Falls er richtig mitzählt hatte, hatte Karl etwa sieben Schüsse abgefeuert. Im Gehege lebten aber an die zwanzig Löwen, die einem Mitternachtssnack sicher nicht abgeneigt waren.

Außer Atem bog er um eine Kurve, um zum Bürogebäude zurückzukehren. Jasmin und Leon knieten neben Hakan und verarzteten ihn. Elvira lief etwas planlos auf der Wiese herum und hielt Ausschau nach dem Luftgleiter.

„Was ist geschehen? Wo ist Karl?", fragte Jasmin, die Otto als erste erblickte.

„Karl ist erledigt. Das Dumme ist, dass wir jetzt keinen Luftgleiter mehr haben, um von hier zu verschwinden."

„Sieh zu, dass du die Videos hochlädst! Den Rest überlegen wir uns später", befahl ihm die Anführerin.

Otto eilte nach oben. Die Kamera lag in einer Ecke seines ehemaligen Büros. Ein Teil des Plastikgehäuses war abgesplittert, doch ansonsten schien sie keine größeren Schäden davongetragen zu haben.

Otto steckte das USB-Kabel wieder an den Computer an. Die Speicherkarte war zum Glück noch intakt, sodass er das begonnene Werk fortsetzen konnte.

Nachdem er alle Videos hochgeladen hatte, schaltete er den Computer aus und steckte die Kamera und das USB-Kabel ein. Fröhlich verließ er das Bürogebäude. „Ich hab's geschafft!", rief er seinen Kumpanen zu, die er komischerweise nirgendwo entdecken konnte.

Ein helles Licht blendete ihn so stark, dass er sich die Hand vors Gesicht halten musste. „Stehenbleiben, Kreaturling! Keine hastigen Bewegungen, sonst knallt's!", klang es blechern aus einem Helmsimultanübersetzer. Otto sah einige hünenartige Gestalten auf sich zukommen, die nicht menschlichen Ursprungs waren. Im selben Augenblick wusste er, dass es um ihn und seine Freunde geschehen war.

Das Job-Angebot

„Und was jetzt?", fragte Jasmin, deren Laune von Stunde zu Stunde schlechter wurde.

Otto zuckte mit den Achseln. „Ich weiß es nicht." Er lehnte sich gegen die Wand und starrte an die Decke. „Wenn wir Glück haben, verkaufen sie uns an die Plantagen oder an eine Fabrik."

„Und wenn nicht?" Leon, der mit Elvira in der gegenüberliegenden Zelle saß, sah ihn aus glasigen Augen an. In seinem Blick lag die blanke Angst. Elvira hingegen döste auf einer Liege vor sich hin, als wüsste sie nicht, in welch prekärer Situation sie und ihre Kommilitonen sich befanden.

„Woher soll ich das wissen? Lasst mich endlich in Ruhe mit eurer blöden Fragerei!"

„Aber du bist doch der große Chamurga-Versteher hier, oder etwa nicht? Sonst spielst du doch auch immer den Oberschlaumeier."

„Sei ruhig, verdammt noch einmal!" Otto schrie so laut, dass Elvira wie vom Blitz getroffen aufschreckte. Er hasste es, ständig als Sündenbock herhalten zu müssen. Wenn nicht zwei mit dicken Eisenstäben vergitterte Türen zwischen ihnen gewesen wären, wäre er Leon wahrscheinlich an die Gurgel gegangen.

Jasmin gähnte langgezogen. „Wenn wir uns streiten, hilft uns das auch nicht weiter. Wir kommen hier ja sowieso nicht mehr lebend raus."

Alle vier schwiegen. Wahrscheinlich hatte Jasmin Recht. Es bestand kein Zweifel daran, dass die Chamurga ihrer

Ausrede, sie wären nur deswegen nachts in den Zoo eingedrungen, um die verunstalteten Kreaturlinge aus ihrem Gehege zu befreien, keinen Glauben schenken würden.

Zwei Mal waren sie bereits getrennt voneinander verhört worden, einmal sogar unter Verwendung eines Lügendetektors. Auf die Frage, warum ein Mitglied des Befreiungskommandos schwer verletzt und ein anderes im Löwengehege von den Raubkatzen aufgefressen worden war, hatten alle vier Gefangenen widersprüchliche Aussagen gemacht. Otto war sich sicher, dass sich die Ermittler nicht lange veräppeln lassen und beim nächsten Mal Gewalt anwenden würden, um aus ihnen die Wahrheit herauszuquetschen. Die Chamurga waren schließlich kreativ darin, sich schlimme Foltermethoden auszudenken.

In seinen Gedanken spielte Otto mögliche Szenarien durch und bekam eine Gänsehaut. Kreaturlinge, die sich vor der Arbeit drückten, wurden üblicherweise mit Elektroschocks gequält oder windelweich geprügelt. Bei schlimmeren Vergehen wurden sie nackt an einen Pfahl gebunden und am ganzen Körper mit Honig beschmiert. So waren sie den lästigen Fliegen und Ameisen hilflos ausgeliefert. Andere wurden in einen Raum gesperrt und solange mit schrillen Tönen aus voll aufgedrehten Lautsprechern beschallt, bis sie entweder auspackten oder dem Wahnsinn verfielen.

Hin und wieder musste Otto an die Videos der „Otto kocht-Serie" denken. Mittlerweile zweifelte er daran, ob sie tatsächlich so erfolgreich sein würden, wie er es sich vorgestellt hatte. Vielleicht hatten die Administratoren der Flip-Flop-Seite des Zoos sie längst gelöscht, bevor sie überhaupt

1.000 Views erreicht hatten. Wenn es so war, hatte er nicht nur sich, sondern auch seine Schwester und einige seiner besten Freunde unnötig ins Verderben gestoßen.

Die Tage im Gefängnis verstrichen langsam und ohne besondere Vorkommnisse. Überraschenderweise wurden Otto, Jasmin, Leon und Elvira von den Ermittlern zu keinem weiteren Verhör abgeholt. Somit blieb ihnen auch eine Folter erspart, vor der sie sich so sehr gefürchtet hatten. Erfreulich war, dass sie drei Mal täglich eine warme Mahlzeit bekamen, die deutlich besser schmeckte als früher ihre spärliche Partisanenkost. Auch sonst kümmerten sich die Wärter gut um die vier Insassen. Das führte dazu, dass Leon sogar damit aufhörte, auf Otto herumzuhacken.

An einem späten Nachmittag – seit der Festnahme durch das Chamurga-Wachkommando waren mittlerweile über zwei Wochen vergangen - öffnete sich die Tür zum Gefängnistrakt. Otto war auf seiner Liege eingeschlafen und blinzelte in die tiefstehende Sonne, deren Strahlen schräg durch das Zellenfenster fielen. „Ist es etwa schon Zeit für das Abendessen?", fragte er sich verwirrt.

Jasmin lag ebenfalls auf ihrer Liege und schlief. In letzter Zeit hatten sie kaum ein Wort miteinander gesprochen. Jasmin schien aufgrund ihrer misslichen Lage resigniert zu haben, was Otto verzweifeln ließ. Nie hätte er gedacht, dass eine Kämpfernatur wie sie überhaupt imstande war, sich aufzugeben.

Otto setzte sich auf. Der Gefängniswärter, ein stämmiger Chamurga, dessen blauschimmernder, schuppiger Körper in einer schwarzen Uniform steckte, kam auf ihn zu.

„Du kommst mit mir mit!", sagte die Stimme aus seinem Helmsimultanübersetzer.

Otto packte die Angst. Nun war es also soweit. Der Zeitpunkt des Verhörs war gekommen. Die schlimmsten Foltermethoden, die man sich nur ausdenken kann, spukten durch sein Gehirn.

Der Gefängniswärter sperrte die Zellentür auf, und Otto trat auf den Gang hinaus. Leon und Elvira warfen ihm mitleidsvolle, angsterfüllte Blicke zu. Sie ahnten, dass einer von ihnen als nächstes an die Reihe kommen und sie dasselbe Schicksal erwarten würde.

Der Gefängniswärter führte Otto einen dunklen, schmalen Gang entlang, der vom gedimmten Licht langer Neonröhren erhellt wurde. Otto folgte den schlurfenden Schritten des Chamurgas über den mit Metallplatten ausgelegten Boden. Es war unschwer zu erkennen, dass dieser Außerirdische kein Verächter von Menschenfleisch war, denn er war bereits von den „Weißen Pocken" befallen. Am unteren Abschnitt seines Rückens - dort, wo bei den Menschen das Steißbein sitzt – und an den Beinen war seine schuppige Haut mit weißen Pusteln übersät.

Auf beiden Seiten des Ganges saßen Kreaturlinge eingesperrt in ihren winzigen Zellen. Einige warfen Otto einen traurigen, herzzerreißenden Blick zu, doch die meisten dösten vor sich hin ohne eine Notiz von ihm zu nehmen. Otto war froh, als sie endlich das Ende des Gangs erreichten und er das Elend nicht mehr mitansehen musste.

Der Wärter entriegelte eine Metalltür, die in den nächsten Gefängnistrakt führte. Der Gang, den sie nun entlanggingen, sah schon viel freundlicher aus. Durch die vergitterten Fenster konnte Otto einen Blick auf die umliegende Landschaft mit ihren Bäumen, Wiesen und Wäldern werfen. Am Horizont zeichneten sich dunkelgrau die Umrisse der Berge ab.

Immer weiter ging es in langsamem Tempo verwinkelte, hell beleuchtete Gänge entlang. Otto spielte mit dem Gedanken, dem Gefängniswärter davonzulaufen, doch das hätte nur dazu geführt, dass er sich in diesem Labyrinth hoffnungslos verirrt hätte.

Nach einer gefühlten Ewigkeit erreichten sie endlich das Ziel. Der Gefängniswärter brachte Otto in ein großes, komfortabel eingerichtetes Büro. Durch ein großes Fenster konnte man in den Gefängnishof sehen, in dem einige Kreaturlinge streng bewacht von Aufsehern Ziegel schleppten, Sträucher schnitten oder andere Strafarbeiten verrichteten.

Hinter einem breiten Schreibtisch saß ein weiterer Chamurga in Uniform. Der Gefängniswärter stand stramm und salutierte auf Chamurga-Art, was bedeutete, dass er beide Arme nach vorne streckte. Sein Chef erwiderte den Gruß. Der Wärter machte kehrt und verließ das Büro.

„Mein Name ist Brod. Ich bin der Leiter dieses Gefängnisses", stellte sich der Chamurga hinter dem Schreibtisch vor. Er drückte auf den Knopf einer Sprechanlage. „Wachtmeister Peiq, lassen Sie unsere zwei Besucher herein", befahl er auf Chamurgisch.

„Jawohl, Herr Hauptmann!", kam es durch die Sprechanlage retour.

Brod stand auf und wies Otto an, auf der Couch Platz zu nehmen. Die Tür öffnete sich. Zwei beleibte Chamurga, die er nur zu gut kannte, betraten den Raum. Es waren Hampi und Gonxha, seine ehemaligen Besitzer und die Gründer von Sumo Stadt. Die beiden setzten sich gegenüber von Otto auf die Couch, die unter ihrem Gewicht knarrte wie ein eingerostetes Scharnier.

Der Hauptmann tunkte einen Strohhalm in einen Becher und führte ihn an eine kleine Öffnung an seinem Helm. „Die zwei Herren kennst du ja bereits, Kreaturling. Sie sind gekommen, um sich mit dir zu unterhalten."

Otto hatte keine Ahnung, was das nun wieder bedeuten sollte und warum er nicht gleich nach Sumo Stadt befördert wurde. Überraschenderweise konnte er in Hampis und Gonxhas Gesichtern keine Wut ablesen. Offenbar trugen es ihm die beiden nicht nach, dass ihm die Flucht gelungen war.

„Wollen die Herren vielleicht auch einen Becher Kreaturlingsblut?", fragte sie der Hauptmann. Hampi und Gonxha lehnten dankend ab ohne ihren Blick von Otto zu lassen.

„So sieht man sich also wieder! Ich bin Hampi, und das hier ist mein Freund und Geschäftspartner Gonxha, falls du dich noch an unsere Namen erinnerst", begann der, der links gegenüber von Otto saß, das Gespräch.

„Wir sind die Besitzer der Fastfood-Kette ‚HG Super Grill', die auf der ganzen Welt Filialen hat", erklärte Gonxha.

„Ja, und für eure Burger, Hotdogs und Steaks bratet ihr das Fleisch von uns Kreaturlingen. Ihr seid Abschaum, nichts weiter!", schimpfte Otto.

„Na, na. Wer wird denn gleich ausfällig werden? Schließlich hast du doch selbst unsere Produkte so grandios beworben", sagte Gonxha.

„Was hab ich?", fragte Otto erstaunt.

„Deine Kochserie ‚Otto kocht' geht auf FlipFlop viral wie selten ein Beitrag zuvor", erklärte Hampi. „Die Videos und Reels sind so beliebt, dass sie einen wahren Ansturm auf unsere Restaurants ausgelöst haben. Wir wissen zwar nicht, warum du das getan hast, aber wir müssen dir unendlich dankbar sein, denn du hast unsere Kette vor dem Ruin gerettet."

„Ich habe eure dämliche Fastfood-Kette vor dem Ruin gerettet?" Otto sah die beiden ungläubig an. „Ich dachte, ihr Chamurga seid verrückt nach unserem Fleisch?"

„Ja, aber das hat sich verändert, seitdem diese seltsame Seuche in Umlauf gekommen ist", erklärte Gonxha.

„Die Typen, die dich aus Sumo Stadt entführt haben, sind Mitglieder einer Bewegung namens ‚Vegmurga'. Ständig beklagen sie, wie ungesund das Fleisch von Kreaturlingen angeblich ist. Das hat dazu geführt hat, dass niemand mehr unsere Burger und Würstchen essen wollte", fügte Hampi beleidigt hinzu.

„Sie fordern ständig, dass wir Chamurga uns gesünder ernähren und mehr Obst und Gemüse anstatt Fleisch essen sollten. Kannst du dir vorstellen, wie schlecht das für das Geschäft ist?", fragte Gonxha.

Otto konnte kaum glauben was er da hörte. Das bedeutete, dass er mit seiner Idee auf ganzer Linie Erfolg gehabt hatte. „Eine Diät würde euch aber sicher nicht schaden", stichelte er.

„Werde ja nicht frech! So fett wie du bist, könnte man mit dir ein ganzes Grillfest veranstalten", schmollte Gonxha.

Otto ging nicht auf die Beleidigungen ein. „Warum sagt ihr mir das alles? Seid ihr nur gekommen, um mir zu gratulieren?"

„Mehr als das!" Gonxha und Hampi rollten wild mit ihren Augen. „Wir wollen dich in unserer Marketingabteilung einstellen. Deine Kochshow ist der Renner, und es wäre einfach schade, wenn sie jetzt schon zu Ende ist. Deine vielen Follower auf FlipFlop warten schon sehnsüchtig auf die nächsten Folgen."

Otto fiel aus allen Wolken. Diese verrückten Chamurga schafften es immer wieder, ihn zu überraschen. Kurz zuvor hatte er noch geglaubt, dass er den nächsten Tag nicht mehr erleben würde. Stattdessen hatte er nun ein attraktives Jobangebot in der Tasche, das sein Ticket raus aus diesem öden Gefängnis sein könnte.

„Erst mal langsam. Eines verstehe ich noch nicht ganz. Die Vegmurga behaupten, dass das Fleisch von Kreaturlingen eure Spezies krank macht. Warum wollt ihr dann, dass ich weiter Werbung für eure Fast-Food-Gerichte mache?"

„Wir müssen unsere Produkte wieder attraktiver für den Kunden gestalten. Dazu bedarf es allerdings etwas – Überzeugungsarbeit", erklärte Hampi.

„Ich soll also so tun, als sei an den Gerüchten über die Krankheit nichts dran, und eure Produkte wären nicht nur schmackhaft, sondern auch gesund?", fragte Otto.

„Genauso ist es! Der Kunde muss glauben, dass alles in bester Ordnung ist, wenn er in unseren Burger oder in unsere Bratwurst beißt. Ob das wahr ist oder nicht, hat niemanden zu kümmern."

„Geht ihr nicht ein ziemlich hohes Risiko ein? Die Weißen Pocken werden sich rasant verbreiten."

Hampi und Gonxha sahen ihn völlig unbeeindruckt an. „Was schert uns die Gesundheit unserer Kunden? Wir sind schließlich Unternehmer und keine Ärzte. Das Einzige, was zählt, ist, dass die Kasse am Ende des Tages voll ist", sagte Hampi.

Otto schüttelte den Kopf. „Wie grausam!"

„Das hat mit Grausamkeit nichts zu tun, Kreaturling. Das sind nur die Gesetze des freien Marktes! Für den Fall, dass alles schiefgehen sollte, haben wir vorgesorgt. Wir haben nämlich ein Aktienpaket eines Pharmaunternehmens gekauft, das an einem Impfstoff gegen die Weißen Pocken forscht. So werden wir weiter absahnen, auch wenn es mit unserer Fast-Food-Kette den Bach runtergeht", erklärte Gonxha.

„Wir wissen auch schon einen geeigneten Drehort", kam Hampi auf den eigentlichen Grund ihres Gesprächs zurück. „Wir besitzen eine Villa mit einer luxuriös ausgestatteten Küche in der Nähe von Budelkan. Dort testen wir immer unsere Produkte, bevor wir sie in unser Sortiment aufnehmen. Der Ort ist optimal für diese Kochshow. Wir werden dir auch professionelle Schauspieler zur Seite stellen."

„Nein, das kommt gar nicht in Frage! Ich drehe ausschließlich mit meinem Team. Ohne meine Leute kann ich keine vernünftigen Videos drehen. Mir fehlt es einfach an Kreativität."

Hampi und Gonxha berieten sich auf Chamurgisch. Sie wussten nicht, dass Otto jedes Wort verstand. „Jetzt stellt dieser Fettsack auch noch Ansprüche! Eigentlich sollte er froh sein, dass wir ihn nicht gleich auf den Grill werfen und braten!", knurrte Hampi wütend.

„Ist doch egal. Ich habe keinen Bock darauf, lange zu verhandeln. Die vier Kreaturlinge können wir schon noch leisten", erwiderte Gonxha.

„Fünf!", hätte Otto beinahe ausgerufen, doch im letzten Moment hielt er sich mit der Hand den Mund zu.

„Okay, wir sind einverstanden!", sagten die beiden zu Otto. „Herr Hauptmann, wir bezahlen die Kaution für alle vier Kreaturlinge, die mit diesem festgenommen worden sind."

„Fünf! Ihr habt auf Hakan vergessen. Er liegt auf der Krankenstation und ist bei uns für die Technik und das Licht zuständig", erwähnte Otto.

„Wenn er auf der Krankenstation liegt, können wir ihn nicht gebrauchen", knurrten Hampi und Gonxha.

Otto blieb hart. „Hakan ist für uns völlig unentbehrlich. Entweder ihr nehmt ihn mit, oder das Geschäft platzt."

Verärgert nahmen die beiden Fast-Food-Unternehmer auch diesen Wunsch zur Kenntnis. „Na schön, dann holen wir eben dein ganzes Team aus dem Gefängnis. Hauptsache, du fängst so bald wie möglich mit den Fortsetzungen an. Wenn du weiterhin so erfolgreich bist, winkt dir auch eine fürstliche Belohnung."

Otto beschloss nun, aufs Ganze zu gehen. „Ich will keine Bezahlung. Versprecht mir, dass ihr uns laufen lasst, wenn die Videos fertig sind."

Hampi und Gonxha berieten sich wieder auf Chamurgisch. Dieses Mal sprachen sie so schnell, dass Otto ihnen nicht folgen konnte. „Kein Problem", sagten sie schließlich.

„Sobald der Job erledigt ist, dürft ihr gehen, wohin ihr wollt."

Otto bezweifelte zwar, ob sie ihr Versprechen einhalten würden, aber er hatte ohnehin keine Wahl. Zumindest konnte er Jasmin und seine Kameraden endlich aus ihren hässlichen Zellen befreien.

Hampi und Gonxha stemmten ihre massigen Körper in die Höhe, wobei sie zwei tiefe Mulden auf der Couch hinterließen. Gonxha öffnete einen schwarzen Aktenkoffer und hielt ihn Brod, dem Gefängnisleiter, unter die Nase. „Reicht das für alle fünf?"

Der Hauptmann griff mit seinen Pranken in den Koffer und nahm vorsichtig einen kleinen Glasbehälter heraus, der mit einem komplexen Sicherheitsschloss versiegelt war. Der Behälter war voller scharfkantiger Partikel, die in den Farben Orange, Grün und Silber funkelten. „Wie viel ist das?", fragte er.

„3.650 Gramm reinster Mondstaub", sagte Gonxha.

Brod rollte mit den Augen. „Fantastisch! Das ist genug, um meiner Frau eine neue vollautomatische Schuppenpoliermaschine zum Geburtstag zu kaufen. Ihr könnt die Kreaturlinge haben. Ich werde gleich Peiq Bescheid geben, dass er sie auf Kaution freilässt." Er öffnete einen Wandsafe und gab seinen Schatz hinein.

„Ach, da ist noch was!", sagte Brod, wobei er ins Chamurgische wechselte. „Dieses kleine Geschäft bleibt unter uns, kapiert? Wenn die Behörden erfahren, dass ich mutmaßliche Terroristen verkaufe, darf ich ab morgen Kreaturlinge beim Steine-Klopfen in den Salzminen bewachen."

Noch am selben Tag wurden Otto, Jasmin, Elvira, Hakan und Leon in eine Villa am Stadtrand von Budelkan gebracht. Sie gehörte Ottos neuen beziehungsweise alten Herren Hampi und Gonxha und war gleichzeitig der Firmensitz ihrer Fastfood-Kette ‚HG Super Grill'.

Bei der Ankunft am schmiedeeisernen Eingangstor wurden die vier von bis an die Zähne bewaffneten Securities in Empfang genommen und auf ihre Zimmer gebracht. Die Partisanen kamen aus dem Staunen nicht heraus. Luxus war ihnen, da sie ja sonst nur das karge Leben in den Bergen kannten, gänzlich unbekannt. Jedes Zimmer verfügte über ein großes Bett, ein sauberes Bad mit Whirlpool, eine Klimaanlage, einen Flachbildfernseher, einen Kühlschrank voller eiskalter Getränke und einen Balkon, von dem aus man in den Innenhof sehen konnte.

„Mann, das hast du echt gut hingekriegt. Ich sag nie wieder ein schlechtes Wort über dich", sagte Leon, der sich zum Probeliegen auf sein Bett geworfen hatte ohne sich die schmutzigen Stiefel auszuziehen.

„Ich habe gleich einmal den Pool im Badezimmer ausprobiert. Wenn man auf den roten Knopf am Beckenrand drückt, fängt das Wasser an zu blubbern", berichtete Elvira, die sich einen rosa Bademantel übergeworfen hatte, voller Begeisterung.

Otto blieb als einziger unbeeindruckt. Die Villa erinnerte ihn an seine Wohnung in Sumo Stadt und er wusste, dass sie nichts anderes war als ein goldener Käfig.

Die Tür von Jasmins Zimmer öffnete sich. Die Anführerin kam heraus und gesellte sich zu ihren Kumpanen. „Die wollen also allen Ernstes, dass wir noch mehr Werbevideos für sie drehen?", fragte sie und lehnte sich lässig an den Türstock.

Otto nickte. Jasmins misstrauischer Blick entging ihm nicht. „Was ist los? Das ist doch genau das, was wir wollten. Unser Plan ist voll aufgegangen."

„Das war nicht Teil unseres Plans! Ich will doch nicht für den Rest meines Lebens ein Sklave dieser bescheuerten Chamurga sein."

„Wir sind keine Sklaven. Sobald wir fertig sind, lassen sie uns frei."

Jasmin schüttelte verächtlich den Kopf. „Wer's glaubt wird selig! Diese Biester haben dir auch erzählt, dass sie vorhaben, dich zu einem Sumoringer auszubilden. In Wahrheit wollten sie dich zu Würsten und Steaks verarbeiten, hast du das etwa schon vergessen?"

„Sei doch nicht gleich wieder so sauertöpfisch! Immerhin habe ich uns aus dem Gefängnis rausgebracht. Du kannst gerne wieder zurück in deine Zelle gehen und vor dich hin schmollen, wenn dir das lieber ist", sagte Otto beleidigt.

Leon hatte währenddessen den Fernseher eingeschaltet. „So ein Mist! Das sind alles Chamurga-Sender. Da versteht man ja kein Wort."

„Lass das!", sagte Otto, als Leon auf ein anderes Programm umschalten wollte. Er ging nahe an den Bildschirm heran, um die Berichterstattung besser mitverfolgen zu können. Der Beitrag zeigte einen Aufruhr in Budelkan. Mit grünen Schärpen bekleidete Chamurga demonstrierten vor einem Fast-Food-Restaurant, das der ‚HG Super Grill' gehörte.

„Siehst du? Es ist wahr!", sagte er zu Jasmin. „Das sind dieselben Kerle, die mich aus Sumo Stadt befreit haben."

Jasmin kam näher heran und beobachtete das Geschehen am Bildschirm.

„Hampi und Gonxha haben nicht gelogen. Die durch Menschenfleisch verursachte Krankheit – ich rede von den Weißen Pocken - ist für die Chamurga zu einem globalen Problem geworden."

Ein Reporter, der am Rande der wütenden Menge stand, quatschte in sein Mikrofon. „Was schwafelt der da?", fragte Jasmin. „Kannst du uns das übersetzen?"

„Wieder einmal demonstriert ein wütender Mob Vegmurga vor einem Restaurant der ‚HG Super Grill'. Die Fast-Food-Kette ist vor einem Jahr mit ihren patentierten Grillprodukten aus Kreaturlingsfleisch berühmt geworden. In Windeseile hat sie sich auf dem ganzen Planeten einen Namen gemacht. Mittlerweile gibt es über 5.000 Filialen, die sich wie diese hinter mir seit einigen Monaten mit schweren Vorwürfen konfrontiert sehen", übersetzte Otto.

Der Bericht blendete Filialen der „HG Super Grill" aus anderen Regionen der Erde ein, vor denen sich haargenau dasselbe Schauspiel ereignete. Das Logo - ein riesiger Burger, um den sich zwei seltsame Chamurga-Schriftzeichen wanden - stach bei allen sofort ins Auge. Der einzige Unterschied war, dass sich die Landschaft rund herum veränderte. Im Hintergrund der Restaurants waren einmal Palmen, alte Tempelanlagen, schneebedeckte Berge, Wüsten, Wolkenkratzer, Meeresbuchten oder lange Sandstrände zu sehen. Scheinbar gab es keinen Winkel der Welt, in denen die Fast-Food-Gerichte der „HG Super Grill" noch nicht bekannt waren.

Danach rückte wieder der Reporter ins Bild. „Wir haben nun einen Demonstranten gefunden, der bereit ist, uns ein kurzes Interview zu geben", übersetzte Otto weiter.

„Diese Fast-Food-Restaurants gehören verboten! Es ist eine Schande, was uns da untergejubelt wird. Sehen Sie einmal, was mit mir geschehen ist!" Der Chamurga drehte sich um und bückte sich. Sein Rücken und sein Hinterteil waren voller weißer Pusteln. „Ich habe mich schon so oft gewaschen, aber das Zeug geht einfach nicht mehr weg, nicht einmal mit Schmirgelpapier. Wenn das so weitergeht, sehe ich bald aus wie ein Schneemann."

„Wie oft sind Sie früher zu ‚HG Super Grill' essen gegangen?", fragte der Reporter.

„Das letzte Mal heute Morgen. Mein Arzt hat mir zwar davon abgeraten, aber die neuen Wraps mit Hackfleisch und Frischkäse zerfließen geradezu zwischen den Zähnen. Das Rezept dazu habe ich auf FlipFlop gesehen, und dann habe ich sofort Hunger bekommen."

„Glauben Sie, dass die Weißen Pocken tatsächlich etwas mit dem Verzehr von Kreaturlingsfleisch zu tun haben?", fragte der Reporter weiter.

„Das kann schon sein. Vorige Woche ist mein Schwager gestorben. Der alte Sack hat sich jeden Tag bei HG Super Grill den Wanst vollgeschlagen, bis ihn die Seuche dahingerafft hat."

„Haben Sie versucht, ihn davon abzuhalten oder ihm geraten, sich gesünder zu ernähren?"

„Nein, warum sollte ich? Meistens bin ich mit ihm mitgegangen, und das werde ich auch jetzt tun. Das ganze Gerede vom Essen hat mich hungrig gemacht. Scheiß auf die Vegmurga! Ich gehe jetzt auf einen saftigen Burger, der nur so von Fett trieft. Lasst mich durch, ihr dämlichen Grünzeugfresser! Ich habe es eilig!"

Die Kamera blieb auf den Interviewten gerichtet, der sich mit viel Ellbogeneinsatz durch die Menge Richtung Fast-Food-Restaurant schob, bis sie ihn aus den Augen verlor.

Jasmin und Otto lächelten sich zu. Auch der Anführerin war nun endgültig klar geworden, dass sich die Dinge in die richtige Richtung entwickelten.

Das letzte Festmahl

Jasmin und Elvira schälten sich aus ihren überdimensional großen Chamurga-Kostümen, die sie von ihren neuen Herren Hampi und Gonxha bekommen hatten. Sie sahen nicht nur viel professioneller aus als die selbstgenähten, aus blauen und grauen Stoffflecken zusammenflickten Kostüme, die sie bei den ersten Drehs im Gasthof „Zur wilden Gams" verwendet hatten, sondern ähnelten den realen Vorbildern auch weitaus mehr.

Vor ihnen am Tisch standen zwei Teller, die mit leckeren Hackfleischbällchen und Nudeln gefüllt waren und einen herrlichen Duft in der Großküche verbreiteten, die zu einem modernen Filmstudio umfunktioniert worden war.

„Alter Schwede, ist mir heiß. Eine Sauna ist nichts dagegen", beklagte sich Jasmin.

Elvira kratzte sich am ganzen Körper. „Und ich fühle mich, als hätten mich die Krätzmilben befallen. Dabei habe ich denen extra gesagt, dass sie ihre Textilien nicht mit Chemikalien reinigen sollen. Darauf bin ich allergisch."

Otto musste sich im Gegensatz zu seinen zwei Partnerinnen zwar nicht in die engen Kostüme zwängen, dennoch war er froh, dass die Dreharbeiten für diesen Tag beendet waren. Nur noch ein Video fehlte, bis sie ihren Auftrag erfüllt hatten und in die Freiheit entlassen werden sollten.

Hakan montierte die Lampen ab und rollte die am Boden ausgelegten Kabel ein. Otto staunte noch immer darüber, wie schnell er von seinen Wunden genesen war. Die Chamurga-Chirurgen hatten ganze Arbeit geleistet und ihn in Windeseile zusammengeflickt, was neben ihren

140

technologischen Kenntnissen auch ihre herausragenden Fähigkeiten auf dem Gebiet der Medizin bewies.

Leon begann sofort mit der Postproduktion. Gonxha, der ihn um mindestens einen Kopf überragte, stand dicht hinter ihm und sah ihm dabei zu, wie er den Werbespots am Computer mit einem Videobearbeitungsprogramm den nötigen Feinschliff verpasste. „Klasse, das war wieder einmal eine schauspielerische Meisterleistung!", gratulierte er seinem Filmteam. „Morgen kommt dann klassische Hausmannskost auf den Tisch. Die Fleischknödel mit Sauerkraut müssen wir besser bewerben. Die gehen in letzter Zeit nicht so gut."

Otto hängte seine Kochschürze an den Haken, wischte sich den Schweiß von der Stirn und setzte sich zu Tisch, um sich über die leckeren Hackfleischbällchen herzumachen. Schlau und stets hungrig wie er war, hatte er sich im Arbeitsvertrag festhalten lassen, dass er die gekochten Gerichte nach den Dreharbeiten verspeisen durfte.

„Die würde ich an deiner Stelle nicht essen, Dickerchen. Weißt du nicht, dass wir heute statt Schweinefleisch zur Abwechslung Fleisch von echten Kreaturlingen genommen haben?", fragte ihn Gonxha.

Otto, der gerade genüsslich an einem dicken Hackfleischbällchen herumkaute, blieb der Bissen im Hals stecken. Alle rund um ihn brachen in ein lautes Gelächter aus, und er merkte, dass sie ihn wieder einmal auf die Schippe genommen hatten. „Schade. Ich hätte echt gerne gewusst, wie wir schmecken. Vielleicht komme ich ja auf den Geschmack und fresse euch alle auf", sagte er und stopfte sich noch ein zweites Bällchen in den Mund.

„Untersteh dich, du Vielfraß! Hast du mit den Lammkeulen, Schweinshaxen und Rindsrouladen, die du sonst massenhaft in dich hineinschlingst, etwa noch nicht genug?", stichelte Elvira.

Otto wollte sich beim Essen nicht stören lassen und konzentrierte sich wieder auf seine Lieblingsbeschäftigung, als draußen plötzlich ein Tumult auftrat, der von der Straßenseite kam. Gonxha eilte zum Küchenfenster, um zu sehen, wer für den Lärm verantwortlich war. „Oh nein! Sie haben uns entdeckt!"

„Waf mist mos?", murmelte Otto. Sein Mund war so voll, dass ein halbgekautes Stück Fleisch in die falsche Röhre gelang und er von einem Hustenanfall durchgeschüttelt wurde.

„Die Vegmurga - die schrägen Typen, die immer vor unseren Restaurants rumhängen und uns unser Geschäft vermiesen - blockieren das Haupttor der Villa. Keine Ahnung, wie sie uns auf die Schliche gekommen sind. Dabei haben Hampi und ich unser Hauptquartier immer streng geheim gehalten", schrie Gonxha verzweifelt.

Im gleichen Moment wurde die Tür zur Großküche wie von einem starken Windstoß aufgestoßen. Hampi war so außer Atem, dass er kein Wort herausbrachte. Sein kegelförmiger Helm war innen angelaufen, als käme er direkt aus der Dampfsauna.

„Wir ... müssen ... hier ... weg! Schnell!", keuchte er auf Chamurgisch.

Jasmin, Elvira, Hakan und Leon sahen sich fragend an, weil sie von dem komischen Gesäusel kein Wort verstanden hatten. Aber sogar Gonxha wirkte irritiert. „Wo sollen wir denn hin?", fragte er.

„Na, zurück zur Raumstation am Eismond Triton beim Planeten Neptun natürlich. Wir haben dort ein Penthouse gemietet, falls es mit der Evakuierung schnell gehen muss. Hast du das etwa schon vergessen?"

„Wieso lassen wir nicht einfach unsere brandneuen Security-Kampfdrohnen auf sie los? Die haben uns doch eine Stange Geld gekostet."

„Die werden uns nicht mehr viel bringen. Hast du die Nachrichten nicht gehört, du Idiot? Die Seuche hat mittlerweile so viele von uns dahingerafft, dass die Kreaturlinge auf der ganzen Welt eine Rebellion gestartet haben. Sogar hier in Budelkan ist die Hölle los."

„Tatsächlich?", fragte Gonxha. Er ließ seinen Kopf hängen, als würde er gleich in Tränen ausbrechen.

„Komm jetzt, wir müssen hier weg! Ich habe die Ionentriebwerke unseres Raumgleiters bereits voll aufgeladen."

„Und was ist mit unserer Kochsendung? War das alles umsonst?" Gonxha schluchzte wie ein kleines Kind, das auf dem Rummelplatz unbedingt noch eine Runde mit dem Karussell drehen wollte anstatt mit den Eltern nach Hause zu fahren.

„Komm jetzt endlich!", fauchte Hampi wütend. „Oder ich überlasse dich dem wütenden Mob da draußen."

Gonxha sah ein, dass es keinen Sinn machte, weiter zu diskutieren. „Na schön, dann verabschieden wir uns eben von diesem Planeten. Dabei hat es gerade erst angefangen, Spaß zu machen."

Hampi suchte das Weite, und Gonxha eilte ihm hinterher. Kurz vor der Tür blieb er stehen und drehte sich um. „Du kommst mit uns", sagte er zu Otto, der sich im Gesicht und auf seinem Hemd mit Ketchup und Fett bekleckert hatte und aussah wie ein Riesenbaby.

„Auf keinen Fall! Ich bleibe hier!", erwiderte Otto.

„Dort wo wir hingehen, werden Hampi und ich ein neues Restaurant eröffnen. Wir würden dich wirklich gerne in unserem Team behalten, zumindest für ein paar Monate, bis das Geschäft von selbst läuft."

„Du spinnst wohl! Ich werde sicher nicht mit euch ins Weltall fliegen. Scher dich zum Teufel!"

„Na schön, du hast es so gewollt." Gonxha zückte seine Plasmapistole und richtete sie auf Otto. „Komm jetzt her, Dickerchen, oder ich blase dir die Rübe weg."

Otto riss die Hände in die Höhe. „Okay, ich komme mit euch mit. Aber ich will, dass ihr mich auf die Erde zurückbringt, wenn mein Job erledigt ist."

Gonxha nickte zufrieden. „Natürlich! Nur ein paar Monate, und schon siehst du deine Freunde wieder. Los jetzt!"

Bevor Otto die Großküche verließ, drehte er sich noch einmal zu seinen Kameraden um. „Ich komme bald zurück! Macht's gut. Viva la revolución!", rief er und reckte seine fleischige Faust in die Höhe, in der er immer noch die Gabel hielt. Jasmin rief ihm etwas zu, doch Otto eilte bereits hinter Gonxha her und konnte sie nicht mehr hören.

Das ungleiche Paar lief zum Lift im Erdgeschoss. Gonxha drückte auf einen roten Knopf. Eine aus rostfreiem Stahl gebaute Tür schwang mit einem leisen Klingelton auf. Die Kabine glitt in die Tiefe. Otto schätzte, dass sie fast zwanzig

Sekunden unterwegs waren, bis sich die Lifttür wieder öffnete.

Sie gingen einen hell erleuchteten Gang entlang, der mit einem hellblauen Vinylboden ausgelegt war und in einer riesigen künstlich angelegten Höhle endete. Otto verschlug es die Sprache. Nie im Leben hätte er geahnt, welche Überraschungen unterhalb dieser alten Villa auf ihn warteten!

Direkt in der Mitte der kreisrunden Höhle ragte eine orangefarbene Trägerrakete etwa fünfzig Meter senkrecht in die Höhe. Sie war so hoch, dass ihre Spitze beinahe die Decke berührte. Auf einer Startrampe stand eine Art Spaceshuttle, das über Seilzüge mit einem Schwenkkran verbunden war. Das musste der von Hampi erwähnte Raumgleiter sein.

Während Otto mit offenem Mund dastand und das technische Wunderwerk bestaunte, stieg Gonxha in einen weißen Raumanzug. „Nimm den da!", forderte er Otto auf und zeigte auf einen etwas kleineren, aber sehr breiten Raumanzug, der auf einem Metalltisch bereit lag. Otto streifte ihn über und klemmte sich den Helm unter den Arm. Der Anzug passte ihm wie angegossen, was kein Zufall sein konnte.

„Sie wollten mich sowieso mitnehmen! Ich gehöre zu ihrem Notfallplan!", dachte er sich und erschauderte.

„Beeilt euch! Die Rebellen können jederzeit unser Haus stürmen!", rief Hampi, der vor der geöffneten Luke am Heck des Raumgleiters stand und ihnen zuwinkte.

In dem steifen Raumanzug war es nicht leicht, sich schnell die Treppen hinauf zur Startrampe zu bewegen.

Otto kam es so vor, als trage er eine eiserne Rüstung wie die Ritter im Mittelalter.

Nachdem sich die Einstiegsluke hinter ihnen geschlossen hatte, führten ihn die beiden Chamurga über das Mitteldeck vorbei an den Schlafräumen und an einer kleinen Küche nach vorne ins Cockpit. Hampi und Gonxha setzten sich in zwei große, bequeme Ledersitze. Otto nahm hinter ihnen Platz und zog die Sicherheitsgurte fest.

Mit einem hellen metallischen Klang dockte der Haken des Schwenkkrans an der Spitze des Raumgleiters an. Langsam wurde das Space Shuttle auf einer Schiene zur Trägerrakete und dann vorne in die Höhe gezogen, bis es wie ein Schimpansenbaby auf dem Rücken seiner Mutter hing.

Otto saß nun mit Blickrichtung nach oben. Das Gewicht seines Körpers drückte ihn in den angenehm weichen Sitz. Durch das Sichtfenster des Cockpits sah er, wie sich ein kreisrundes Tor an der Decke öffnete und sich über ihm der blaue, fast wolkenlose Himmel auftat.

„Setz deinen Helm auf, es geht los!", forderte Gonxha Otto auf. Hampi und er gingen nun eine Checkliste durch, wobei sie die vielen Monitore, Bedien- und Kontrollelemente und Lämpchen auf dem Steuerpult genau im Auge behielten.

„Ionentriebwerke an?", fragte Hampi.

„Ionentriebwerke an", wiederholte Gonxha.

„Neutralisator-Passage frei?"

„Neutralisator-Passage frei."

„Spannung in Induktionsspulen auf zehn Elektronenvolt?"

„Spannung in Induktionsspulen auf zehn Elektronenvolt."

„Flüssiggastanks in Trägerrakete gefüllt?"

„Flüssiggastanks in Trägerrakete gefüllt."

„Brennstoffkonzentrat in Brennstoffkammer neutral?"

„Brennstoffkonzentrat in Brennstoffkammer neutral."

„Booster an Trägerrakete intakt und funktionsbereit?"

„Booster an Trägerrakete intakt und funktionsbereit."

„Hitzeschutzschild eingefahren und funktionsbereit?"

„Hitzeschutzschild eingefahren und funktionsbereit."

„Klappe des Lichtsegels geschlossen?"

„Klappe des Lichtsegels geschlossen."

Otto versank in Gedanken, weil ihn der technische Schnickschnack nicht sonderlich interessierte. Bis die Checkliste abgearbeitet war, vergingen etwa fünf Minuten.

„Alle Kontrollgeräte im Cockpit voll leistungsfähig und eingeschaltet?"

„Alle Kontrollgeräte im Cockpit voll leistungsfähig und eingeschaltet."

„Fluggeschwindigkeit und Raumkoordinaten in Bordcomputer eingegeben?"

„Fluggeschwindigkeit und Raumkoordinaten in Bordcomputer eingegeben."

„Es geht los, Kreaturling", sagte Gonxha schließlich.

„Gleich wird es dich so fest in den Sitz drücken, dass sogar du platt bist wie eine Flunder", lachte Hampi und drückte auf den Startknopf.

Die orangefarbene Trägerrakete zündete mit einem ohrenbetäubenden Lärm und hüllte die künstliche unterirdische Höhle in einen violett-grauen Rauch. Der blaue

Himmel verschwand, als wäre in Windeseile die Nacht über Budelkan hereingebrochen. Otto spürte, wie der Rückstoß auf ihn einwirkte, und es kam ihm so vor, als hätte sich sein Körpergewicht vervierfacht.

Die dichten Rauchschwaden verschwanden schon nach wenigen Sekunden und das Sichtfenster des Cockpits wurde wieder frei. Die Rakete tauchte mit rasender Geschwindigkeit in den blauen, makellosen Himmel ein. Beim Verlassen der Erdatmosphäre wurde die Trägerrakete abgesprengt, und der Raumgleiter trat die weite Reise durch das Weltall an, an dessen Ende der Eismond Triton in der Umkreisbahn des Planeten Neptun stand.

„Du kannst deinen Helm jetzt abnehmen, Kreaturling. Wir haben hier an Bord ein spezielles Gerät, das eine Atmosphäre schafft, in der wir und auch unser Provi... - ich meine du - frei atmen können", sagte Gonxha nach einer Weile.

Otto folgte der Anweisung. Er konnte tatsächlich problemlos atmen. Genussvoll sog er die Luft in seine Lungen. Sie roch würzig und frisch, als würde er durch einen Nadelwald spazieren. Auch die beiden Chamurga waren sichtlich froh, endlich ihren Helm abnehmen zu können.

Der Flug durch das All verlief angenehm und ruhig. Im Gegensatz zum Start wirkten nun keine Fliehkräfte mehr auf die Insassen, sodass man sich an Bord des Raumgleiters frei bewegen konnte. Ein künstliches Magnetfeld unterhalb der Bodenplatten verhinderte, dass sie schwerelos durch das Cockpit segelten.

„Jetzt entspann dich, Kreaturling", sagte Hampi und drückte Otto eine Trinkpackung aus Aluminium in die Hand. „Wir haben noch eine weite Reise vor uns."

Otto hatte zwar keinen großen Durst, aber Nahrungsaufnahme zu verweigern gehörte nicht gerade zu seinen Stärken. „Danke", sagte er und begann das Getränk aus einem dünnen Strohhalm zu schlürfen. Der Inhalt schmeckte eigenartig. Irgendwie bitter, gleichzeitig aber auch süß und lehmig, als hätte man ein Stück Erde reingemischt. „Was ist das?", fragte er.

„Ein Proteindrink mit reichlich Kalorien, Vitaminen und Ballaststoffen. Wenn du das trinkst, brauchst du über einen längeren Zeitraum keine feste Nahrung zu dir nehmen", antwortete Hampi. Dass Otto das Gesicht verzog, als er am Strohhalm nuckelte, entging ihm nicht. „Was so komisch schmeckt, ist zerriebenes Vulkangestein. Das hilft, die Nährstoffe besser aufzunehmen", erklärte er.

Je mehr Otto trank, desto besser schmeckte ihm das Getränk. Seltsamerweise wurde er von Schluck zu Schluck müder. Er hatte den Proteindrink noch gar nicht ausgetrunken, als ihm die Packung aus der Hand glitt und sein Kopf wie ein schwerer Stein zur Seite kippte. Sekunden später schnarchte er so laut, dass man es auch im Heck des Raumgleiters noch hören konnte.

Als Otto erwachte, lag er auf einer Bahre in einem etwa zwölf Quadratmeter großen, geschlossenen Raum. Alles war sehr sauber und steril, was ihn auf den ersten Blick an einen Operationssaal erinnerte. Es roch auch penetrant nach Desinfektionsflüssigkeit und chemischen Reinigungsmitteln.

Sein Oberkörper und seine Hände und Beine waren mit Metallklammern an die Bahre gefesselt, sodass er sich keinen Zentimeter bewegen konnte. Obwohl Otto noch sehr müde und benommen war, erkannte er, dass man ihn in der Küche eingesperrt hatte.

Links von ihm waren ein Elektroherd, ein Ofen, eine Arbeitsfläche und ein Waschbecken. An der Wand hingen scharfe Messer, Pfannen, Fleischklopfer, Fleischplattierer aus Edelstahl, Fleischerhaken, Wetzstäbe und andere Dinge, die die Küche wie eine Folterkammer aussehen ließen. In der Ecke stand ein Schrank aus rostfreiem Stahl, bei dem es sich wahrscheinlich um eine Selchkammer handelte.

Die automatische Tür schwenkte auf, und Hampi und Gonxha kamen herein. Beide hatten ihren Raumanzug abgelegt. Ihnen folgte ein Roboter, der sich wie ein Miniaturpanzer auf zwei Kettenlaufwerken fortbewegte und ungefähr so viele Arme hatte wie ein Krake.

„Was soll das? Warum schnürt ihr mich hier fest wie eine Rindsroulade?", fragte Otto.

„Verdammt, wieso ist er schon aufgewacht?", schimpfte Hampi und warf seinem Freund einen wütenden Blick zu. „Ich habe dir doch gesagt, dass du bei seinem Körpervolumen eine höhere Dosis nehmen musst."

„Tut mir leid. Hab mich wohl verrechnet", schmollte Gonxha. Die beiden Chamurga beachteten Otto nicht weiter. Seelenruhig nahmen sie Schlachtermesser und Sägen von der Wand und montierten sie auf die Arme des Roboters, wobei sie wild mit ihren Augen rollten.

Otto wurde schlagartig flau im Magen. „Bindet mich los! Warum macht ihr das?"

„Die Reise ist lang, Kreaturling. Wir werden sicher bald Hunger bekommen", antwortete Gonxha seelenruhig.

„Das könnt ihr nicht machen! Ihr braucht mich noch für eure Werbekampagne", rief Otto in Panik.

„Hast du allen Ernstes geglaubt, wir könnten dort, wo wir hingehen, einfach so weitertun, als sei nichts gewesen? Ihr Kreaturlinge seid echt eine naive Spezies", sagte Hampi.

„Auf unseren Kopf ist ein intergalaktischer Haftbefehl ausgestellt. Wir gönnen uns noch ein letztes Festmahl, bevor wir uns für immer vor den Behörden verstecken müssen", erklärte Gonxha.

Nachdem sie die mechanischen Arme des Roboters fertig bestückt hatten, stellte ihn Gonxha auf das gewünschte Programm ein. „Ich will das Fleisch ohne Knochen und ohne Sehnen, kapiert? Das Blut soll er in Flaschen abfüllen und einkühlen", flüsterte ihm Hampi auf Chamurgisch zu.

Der Roboter rollte seitlich an die Bahre heran und fuhr seine Tentakel aus, die nun mit wahren Horrorgeräten ausgestattet waren. „Bitte, tut das nicht. Ich habe doch so viel für euch getan", flehte Otto.

„Das stimmt. Wir danken dir auch ganz herzlich dafür", sagte Hampi.

„Ohne unseren Reichtum, den wir teilweise auch dir verdanken, hätten wir uns diesen Raumgleiter niemals leisten können. Und die Vegmurga hätten uns sicher schon längst gelyncht. Betrachte es als große Ehre, dass wir dich für unser letztes großes Festmahl ausgesucht haben und keinen anderen Kreaturling", grinste Gonxha. Dann drehten sie sich um und überließen ihm dem Schlachterroboter.

„Ihr miesen Schweine! Ich hoffe ihr erstickt an mir!", rief Otto ihnen hinterher, als sie die Küche verließen. Das letzte, was er von seinen Herren und Besitzern erkennen konnte, war, dass sich bereits eine Unmenge weißer Pusteln auf ihrem Rücken und im Hüftbereich ausgebreitet hatte. Beruhigt, dass sie ihm bald ins Jenseits nachfolgen würden, ließ er seinen Kopf auf die Bahre sinken und den Roboter seine Arbeit tun.

Ein Denkmal für den Helden

Seit Otto an Bord des Raumgleiters im Weltall verschwunden war, war mittlerweile genau ein Jahr vergangen. Sehnsüchtig blickte Jasmin in den Himmel, der sich an diesem warmen Sommertag ähnlich blau und wolkenlos präsentierte wie am Tag seiner Entführung.

„Wo bist du nur, mein großer Bruder? Du hast mir doch versprochen, dass du bald zu uns zurückkehrst", dachte sie schwermütig, als sie die Treppen des Podiums hinaufstieg.

Auf dem Hauptplatz der Stadt, die nach dem Sieg über die Chamurga wieder von Budelkan in Linz umgetauft worden war, hatte sich bereits eine große Menschenmenge versammelt. Niemand wollte sich einen Blick auf das neue Denkmal, das an diesem Feiertag enthüllt werden sollte, entgehen lassen.

Jasmin legte die Kärtchen mit den Stichwörtern auf das Podium und richtete sich das Mikrofon. In der ersten Reihe standen Leon, Hakan und Elvira, die ihr immer noch mit Rat und Tat zur Seite standen, obwohl sie längst keine Partisanengruppe mehr anführte, sondern mit einem Großteil der Stimmen zur Bürgermeisterin dieser Stadt gewählt worden war. Alle drei lächelten ihr aufmunternd zu, was ihre Trauer etwas besänftigte.

„Meine lieben Mitbürger! Vor einem Jahr ist auf der ganzen Welt eine Rebellion ausgebrochen, die die Menschheit aus jahrelanger Tyrannei, Versklavung und Verschleppung befreite und es schaffte, unsere Freiheit wiederzuerlangen. Die letzten freien Menschen, die in versprengten Zellen ein Dasein als Partisanen gefristet und sehnsüchtig den Tag der

Vergeltung erwartet hatten, verbündeten sich mit unterjochten Sklaven, die von ihren Herren als ‚Kreaturlinge‘ verspottet wurden. Gemeinsam schafften sie es, die von der Seuche verschont gebliebenen Chamurga zu vertreiben oder zu unterwerfen. Doch das alles wäre nicht möglich gewesen ohne einen Mann, der uns lehrte, die Chamurga bei ihrer größten Schwäche zu packen: ihrer hemmungslosen Fresssucht und ihrem Hang zur Völlerei."

Jasmin deutete auf das mit einer braunen Plane verdeckte Denkmal neben ihr. „Früher stand genau auf diesem Platz eine Pestsäule, die aus Dankbarkeit für eine glimpflich überstandene Pestwelle errichtet wurde. Heute enthüllen wir aufgrund der Befreiung aus der tyrannischen Diktatur der Chamurga ein neues Denkmal. Liebe Mitbürger, ich präsentiere euch die Statue von Otto, meinen großen Bruder, dem wir es zu verdanken haben, dass wir endlich wieder in Freiheit leben können."

Zehn zermürbte und bis auf die Knochen abgemagerte Chamurga hielten Seile in ihren pfannenartigen Händen, die an ein Ende der Plane gebunden waren. Männer in schwarzen Uniformen hoben ihre Peitschen und ließen sie unter den lauten Anfeuerungsrufen der Menschenmasse auf ihre schuppigen, ausgezehrten Körper niedersausen. Mühsam und wie in Zeitlupe schleppten sich die Chamurga einige Schritte vorwärts. Die Seile spannten sich, wodurch die Plane langsam ins Rutschen kam und das neue Denkmal darunter enthüllte.

Ein Aufschrei ging durch die Menge. Auf einem Sockel stand eine etwa zwanzig Meter hohe, in Beton gegossene Statue. Sie zeigte einen sehr dicken Mann, der einfache

Partisanenkleidung trug und ein Gewehr geschultert hatte. „Otto - der große Held, der die Menschheit aus der Tyrannei der Chamurga befreit hat" war auf einer Inschrift zu lesen. Mit einem sanften Lächeln und die Hand zum Gruß erhoben versicherte der versteinerte Riesen-Otto den Menschen, sie bis in alle Ewigkeit vor einer Rückkehr der Chamurga zu beschützen.

„Er ist gut getroffen, nicht wahr? Wenn Otto jetzt dabei wäre, würde er vor Stolz in Tränen ausbrechen", sagte Jasmin zu Leon, Elvira und Hakan.

„Ja, aber die Kosten waren immens. Hätten wir ihn etwas schlanker dargestellt, hätten wir uns eine Menge an Beton und Baustahl gespart", kritisierte Elvira, die das Amt der Finanzstadträtin übernommen hatte.

Die Feierlichkeiten anlässlich der Eröffnung des neuen Wahrzeichens zogen sich bis spät in den Abend hinein. Die Menschen aßen massenhaft gegrillte Hühner, Bratwürste und Schweinskotelett mit Sauerkraut, tranken Bier und Wein und ließen sich währenddessen von den Chamurga-Schaukämpfen unterhalten, bei denen unterworfene Aliens mit Eisenstäben aufeinander eindroschen.

Als es bereits dunkel geworden war, saßen Jasmin, Leon, Elvira und Hakan in einem Bierzelt an einem Tisch zusammen und ließen sich einen köstlichen Rinderbraten schmecken. „Glaubt ihr, dass Otto noch lebt?", fragte Jasmin in die Runde, doch niemand gab ihr eine Antwort. Alle waren zu sehr damit beschäftigt, auf ihren Fleischstücken und Knochen herum zu kauen.

Der Bürgermeisterin fiel auf, wie dick ihre ehemaligen Kameraden in letzter Zeit geworden waren. Der plötzliche

Wohlstand und der Überfluss an Nahrung bekamen ihnen nicht gut. Vor einem Jahr waren sie noch täglich runter ins Tal und wieder rauf in die Berge marschiert, und nun begannen sie schon bei der geringsten Anstrengung zu keuchen. Auch Jasmin hatte deutlich zugenommen. Fast jede Woche musste sie sich neue Kleidung besorgen, und sie hatte beschlossen, bald eine Diät einzulegen.

„He, seht doch einmal! Jetzt kommt die Chamurga-Karaokeshow! Toll!", rief Hakan und sprang vor Aufregung von der Bank hoch.

Alle reckten ihre Hälse zur Bühne hin, wo der Moderator den nächsten Programmpunkt ankündigte. Wärter brachten in Ketten gefesselte Chamurga auf die Bühne. Ein DJ legte alte Schlager aus der Zeit vor der Alien-Invasion auf, zu denen die Chamurga singen mussten, was sich durch ihre schrille Stimme sehr seltsam, aber irgendwie auch witzig anhörte. Wer sich sträubte oder den Ton nicht traf, wurde von den Wärtern mit Elektroschocks traktiert. Bei jedem Stromschlag zappelten und quiekten die Chamurga wie Ferkel, und die Menge brüllte vor Lachen.

Die Einzige, die nicht lachte, war die Bürgermeisterin. Jasmin dachte unentwegt an ihren Bruder, und plötzlich wünschte sie sich, ihn nie mehr wiederzusehen. Ihr war klar geworden, dass es Otto auf der Erde sowieso nicht mehr gefallen würde. Denn im Grunde hatte sich nichts verändert.

Dir hat mein Buch „Otto und die
Chamurga" gefallen?
Dann schreib mir doch eine
Rezension auf Thalia.at oder auf Amazon.
Oder erzähl deinen Freunden und
Kindern davon.

Dein Thomas

www.thomas-lettner.at